De dorpelingen van Innocento

In *Hier schijnt de zon – Schrijvers over Schoorl, Groet en Camperduin – Van Bernlef tot Reve* staat een portret van M.J. Brusse door Lida Iburg: 'Prins de journalisten' (uitgave Conserve)

Brusse & Van Thijn

De dorpelingen van Innocento

Een zomerthriller

UITGEVERIJ CONSERVE

CIP-gegevens Koninklijke Biblotheek, Den Haag

Brusse, Peter en Thijn, Ed van

Peter Brusse en Ed van Thijn : *De dorpelingen van Innocento –
Een zomerthriller* – Schoorl : Conserve
Eerder verschenen in 1981 bij uitgeverij Van Gennep, Amsterdam.
ISBN 90 5429 183 4
NUR 330
Trefw.: zomerthriller

© 1981, 2004 Peter Brusse, Ed van Thijn en Uitgeverij Conserve

Niets uit deze uitgave mag worden verveelvoudigd en/of openbaar gemaakt door middel van druk, fotokopie, microfilm of op welke andere wijze ook zonder voorafgaande schriftelijke toestemming van de uitgever.
No part of this book may be reproduced in any form, by print, photoprint, microfilm or any other means, without written permission from the publisher.

I

Dartel dalen de kinderen van Innocento het bergpad af in hun eigenwijze springprocessie, die hen langs afgronden en ravijnen naar de koele beek voert, belast en beladen met snorkels en flippers, watermeloenen en marshmellows voor de barbecue, rieten strandmatjes uit de derdewereldwinkel en sprookjesboeken waarin meisjes niet meer wachten op hun prins.

Het is een dagelijks tafereel in de Nederlandse kolonie, waar de zon al vijftien jaar straalt en iedereen gelukkig is. Tove, de kleine, blote mascotte, loopt voorop en plukt bloemen voor haar veldboeket. Het is haar eerste zomer in de kinderkaravaan. 's Nachts draagt ze nog een luier.

Vorig jaar was Tove nog te klein voor het dagelijks avontuur en als de keien op het pad haar te groot worden, klautert zij met handen en voeten verder.

'Als je valt, ga je dood en word je nooit meer levend,' zegt ze verlekkerd.

'Dan moet je in een kuil op het kerkhof,' zegt haar grote broer en hij wijst met zijn handje. De kinderen stoppen en kijken naar de witte grafkapel op de top van de berg. Behalve Gloria.

'Dat zeg je nou iedere keer. Loop liever door,' snibt zij. Gloria voelt zich eigenlijk te groot voor de kinderpartij. Zij zit al in de zesde klas en loopt als enige in bikini, compleet met topstukje dat de moeders van Innocento al in het eerste jaar hebben afgelegd.

'Schiet nou op,' zegt Gloria en wappert met de badhanddoek met goudgalon die haar vader van zijn laatste congres over de Noord-Zuidproblemen heeft meegebracht uit New York, São Paulo, – of was het Helsinki? Hij staat boven op zijn terras en kijkt tevreden omlaag. Innocento is een paradijs.

Tove en haar broertje huppelen en springen voort alsof hun niets gebeuren kan. De vaart zit er weer in. Alles moet opzij, maar als de optocht langs het alleenstaande huis met de weelderige wijnwingerd wervelt, houdt Gloria even in. 'Philip,' roept ze, 'Philip, ga je mee zwemmen? We hebben een heleboel lekkere dingetjes.' De deur staat open. Er komt geen antwoord. Philip is echt te groot: hij is achttien. Hij was drie toen zijn ouders Innocento ontdekten en behoort tot de eerste generatie Hollandse kinderen in het dorp dat zijn eigen kinderen heeft verloren. Werk was er niet en de olijven brachten te weinig op. De inboorlingen trokken weg, soms zelfs als gastarbeider naar het verre Noorden en zo maakten zij plaats voor de verlichte Nederlanders die de kale rotswoningen verhieven tot een parel in de kroon van de Italiaanse monumentenzorg.

Het is een doolhof van gangen, trappen, bogen en metersdikke muren die de dorpelingen van generatie op generatie tegen de berg geplakt hebben, als gigantische, uit steen gehouwen honingraten. De nieuwkomers lieten stijlvolle zonneterrassen bouwen, ze spraken over zonne-energie en veranderden de donkere stallen voor de os en de ezel in stralend witte monnikencellen zoals Fra Angelico ze vijf eeuwen geleden schilderde. De paar overgebleven, langzamerhand stokoude Italianen werden figuranten in hun eigen dorp. Ze raakten aan alles gewend. Ze lieten de invasie maar over zich heenkomen, want per slot van rekening haalden de Hollanders hen uit hun isolement. Zij brachten eindelijk de weg die Mussolini al had beloofd, stromend water, elektriciteit en iedere zomer meer Delfts blauwe klompen en molens die 'Tulpen uit Amsterdam' spelen.

Het pad neemt een scherpe bocht en Innocento is verdwenen achter de vermoeide olijfbomen. De krekels beginnen een nieuw concert, een hagedis schiet over het pad. Dirk-Dries breekt uit het peloton om moerbeien te plukken.

'Kom terug,' gebiedt Gloria. 'Kijk naar je witte t-shirt. Net gewassen. Ze maken veel te vieze vlekken.'

'Doe maar niet, Dirk-Dries,' zegt de goeiige Mark, 'dan is het net of je helemaal onder het bloed zit.'

'Ik was het wel af in de beek,' pruttelt Dirk-Dries nog even na, maar hij geeft op.

Het botenhuis doemt op vanachter de struiken. Het is een ruïne, die eens gediend heeft als schuilplaats voor de herder en zijn schapen. Nu ligt hij vol met hele en halve, nieuwe en afgedankte rubberboten, matrassen, vliezen en vleugels van steeds veeleisender kinderpret. Ieder jaar komt er meer rommel bij, want wie heeft er nou zin om in zijn vakantie een lekke boot te plakken?

'Ik wil de krokodil,' roept Tove. Ze legt haar bloemen op een afgebrokkelde muur en rent het donkere hol in om het beest te pakken.

'Hij ligt in de hoek,' roept Dirk-Dries, 'naast de schildpad.'

Tove tast in het duister rond. Ze struikelt met haar blote lijfje over een dikke, onwelriekende stapel. De hoop veert mee. Ze staat op en zoekt verder. Ze is warm en verzucht in haar lieve stemmetje: 'Ach, hier is ie.' Ze wil de krokodil bij de staart trekken. Het beest is niet slap, zoals anders na een nacht in het botenhuis. Ze begint te sjorren en trekt aan een verstijfde hand.

2

Badend in zweet en liefdesverdriet wiegt Philip in zijn Mexicaanse hangmat achter het huis. Hij staart al tijden naar dezelfde bladzijde in *Der Tot in Venedig*. De zinnen, woorden, letters kantelen voor zijn ogen. Afwezig draait hij geheimtekens op zijn parelende borst, maar de horzel- of poepvliegen laten zich niet wegjagen. Zij bijten en steken als zij willen. Binnen handbereik staat een schaal met vruchten. Wespen ontleden overrijpe vijgen, als opengereten karkassen in de jungle, vindt Philip. Hij is een dichter. Hij won een jeugdprijs en hoopt als hij in september gaat studeren, te mogen publiceren in het studentenblad.

De krekels zagen door zijn hoofd. Maar ineens hoort hij door die stoorzenders van de krekels heen heel helder en heel luid gillen. Zeker iemand gevallen, denkt hij, of misschien wel een slang. Philip vergeet zijn verdriet, rent naar binnen, haalt serum uit de ijskast, stopt pleisters, spuit en zalf in zijn botaniseertrommel en sprint door de open deur het pad op. Hijgend en met grote panische ogen rent Gloria hem tegemoet. 'Je was dus toch thuis.' Philip laat niet op zijn schuldgevoel spelen.

'Iemand gevallen?'

'Nee, een man, een enge man.'

'Enge mannen bestaan niet,' zegt Philip teleurgesteld.

'Tove, Tove zag een man. Zij heeft hem gevonden.'

Dirk-Dries moet het vertellen: in het botenhuis, een man die slaapt. Hij zegt: 'Ik denk dat het Giuseppe is.' Zeker weer dronken, denkt Philip, zijn roes uitslapen in het botenhuis.

'Je hoeft daar niet zo van te schrikken,' probeert hij gerust te stellen – maar als hij de kleine Tove wezenloos op het pad ziet staan, krijgt hij het ook benauwd.

'Giuseppe,' roept hij. Zijn stem slaat over. Maar na enkele passen durft hij niet verder.

'Ik ga wel,' zegt Dirk-Dries. Philip heeft geen keus. Hij haalt zijn zakmes uit de trommel en stapt naar het botenhuis.

'Giuseppe,' roept hij nog eens.

Giuseppe komt tevoorschijn; niet uit het botenhuis, maar uit de struiken. Een bos lavendel onder de arm, het kapmes in zijn broek gestoken.

'Sliep je?' vraagt Philip aan de bejaarde man met de stoppelbaard.

'Ik ga naar mijn land,' zegt Giuseppe en verdwijnt.

Philip voelt zich beschaamd en zegt dat hij de spulletjes wel zal pakken uit het botenhuis. 'Wacht maar even.'

Philip komt krijtwit naar buiten. 'Die man slaapt niet – hij is dood.'

3

Innocento heeft zijn onschuld verloren. De Italianen heffen de handen ten hemel: Santa Maria. De Nederlanders roepen godverdomme.

Stapels misdaadromannetjes hebben zij in hun droomoord verslonden, maar een levensechte spaghettimoord in hun paradijs, dat gaat te ver. Het is niet goed voor de kinderen. God weet haalt het de prijzen van de huizen wel omlaag. Dus: zo snel mogelijk zand erover.

'*The show must go on*,' zegt Eva met dezelfde overtuiging, als waarmee zij het hele jaar Lady Macbeth heeft gespeeld. 'Ik ga poffertjes bakken. Wie gaat er mee.'

De kinderen gaan met haar mee en Philip voelt zich weer te groot. Hij kijkt Eva na en zegt, zodat ze het nog net kan horen: 'Alle water van de zee kan het bloed niet van haar handen wassen.'

Lady Macbeth kijkt niet om en Philip slentert naar het Piazza del Populo, waar geen Nederlander te zien is. Op dit uur van de dag nog wel, als er altijd wel iemand een pastis drinkt of jeu de boules speelt. Hij gaat op de hoek van de fontein zitten en voelt zich buitengesloten. Zelfs Alessandro, de oude communist, zegt niets tegen hem. Zouden zij iets weten, wat ik niet weet? Ik voel dat die man vermoord is, maar door wie?

Niemand zegt een woord. Zouden de Italianen begrepen hebben dat de Nederlanders geen gezeur willen of hebben zij zelf wat te verbergen?

Philip ziet Christina bijna onhoorbaar het piazza oversteken. Ze draagt een mand met groenten op het hoofd en torst een stapel sprokkelhout onder de arm.

'*Buona sera*,' zegt Philip.

Christina bromt alleen iets. Het sprokkelhout heeft ze bij de rivier bij het botenhuis gehaald, stelt Philip vast. Ze verdwijnt door een poortje, komt nog even tevoorschijn op het bruggetje dat naar haar huis leidt en is dan niet meer te zien.

De grotwoningen van de Italianen hebben hun mysteries behouden. Door de kleine ramen in de dikke muren kunnen licht, zon en hitte niet naar binnen, maar omgekeerd kunnen de geheimen niet naar buiten, zoals bij de Nederlanders die overal grote zonnige ramen hebben aangebracht. Even later komt er rook uit de schoorsteen. Christina heeft de kachel aangemaakt om te koken. Zij kookt altijd voor zichzelf. Haar broer, over de tachtig, is getrouwd, maar lang voor de Nederlanders kwamen, hebben zij voor het laatst met elkaar gesproken. Christina is boos over de onverdeelde erfenis. Sinds de dood van haar vader heeft ze ervoor gezorgd dat haar broer geen olijf meer heeft geplukt. En om haar broer te straffen, had ze het er graag voor over de prachtige olijfbomen te laten verwilderen en sterven. Christina, zo kan het hele dorp je toefluisteren, moet olijfolie in de winkel kopen. Er zijn heel wat onuitgevochten vetes, denkt Philip en hij gaat een espresso drinken bij Marcella, de weduwe die op haar drieënveertigste jaar plotseling nog een zoon kreeg. Niemand weet van wie, maar zo zorgde Marcella ervoor dat er een fakkeldrager in het dorp bleef.

Adolfo is een leeftijdgenoot van Philip. 's Winters werkt hij bij het spoor, zomers bij zijn moeder in de bar. Het moet de best bewaakte bar van het land zijn: altijd zitten of hangen er wel een paar douanebeambten hun verveling weg te drinken. Toch schrikt Philip als hij hun revolvers op de tafeltjes ziet. Verbeeldt hij zich dat het gesprek stokt als hij binnenkomt? De uniformpetten liggen naast hun koppels en Philip ziet dat het bijna allemaal jongens van zijn leeftijd zijn. Dat kan hun snor niet camoufleren. Ze zijn bleek; even bleek als Adolfo die achter de bar zijn gezicht op zijn verlegen glimlach zet. 'Hai,' zegt

Philip en probeert, jongens onder elkaar, Adolfo losjes en nonchalant de hand te geven.

'*Buona sera*,' lacht Adolfo serviel.

'Graag een koffie, Adolfo,' zegt Philip en leunt over de bar.

Met plezier ziet hij Adolfo aan de kranen en armen van het espresso-stoomapparaat trekken. De melk schuimt en sputtert in het kleine kopje waarover Adolfo verfijnd een vleugje cacao strooit.

'*Grazie*,' zegt Philip en schakelt over in het Frans, alsof dat vertrouwelijker is. Iedereen spreekt Frans in dit grensdorp en de meeste Nederlanders zijn te lui om Italiaans te leren. Adolfo is geen talenwonder. Zijn Frans bestaat uit extra veel glimlachen en '*oui, oui*' zeggen.

'*Assassiné?*' sist Philip zachtjes.

'*Oui, oui.*'

'Dat geloof jij dus ook?' stelt Philip vast.

'*Oui, oui.*' De glimlach is niet meer weg te branden.

'Ik heb hem gevonden.' Philip is even stil. Adolfo spoelt glazen en luistert oplettend naar het gesprek van de douanemannen. Philip kan het maar half volgen en wil zeggen: 'Adolfo, jij weet veel meer.' Maar net op tijd realiseert hij zich wat het antwoord zal zijn. In plaats daarvan zegt hij: 'Maar wie is het, wie heeft het gedaan?'

Adolfo begint te stralen en wijst op een Afrikaans masker dat eenzaam tussen de Hollandse klompen, molens en wandlappen aan de muur hangt. Philip had daar eigenlijk nooit op gelet.

'*Oui, oui.*'

Deze keer is het Philip, maar hij begrijpt Adolfo niet. Wat heeft dat masker er nou mee te maken?

Adolfo verliest zijn glimlach, kijkt naar de douane en fluistert in het Italiaans: 'Het was een vriend van hen.'

'Van Hans en Mathilde?'

'Ja.'

'Jeetje,' verzucht Philip. Er gaat iets dagen. Het masker was een geschenk van Hans en Mathilde.

Hans en Mathilde werden Rhodesië uitgezet vanwege hun steun aan de vrijheidsstrijders. Hans, de zoon van een vroegere directeur van het Tropenmuseum, was na de oorlog als avonturier in de tabak gegaan naar het voormalige Nederlands-Indië. Na de onafhankelijkheid was hij gerepatrieerd en vervolgens, als zoveel planters, op aanraden van de Nederlandse regering naar Rhodesië getrokken. Mathilde schildert. In Rhodesië gaf ze les aan jonge Afrikanen en nu, in Innocento, is hun woning ingericht als een Afrikaans museum. Zij zijn de enigen die het hele jaar in Innocento wonen. Hans verbouwt zijn eigen tabak in een hoekje van Giuseppes wijngaard, tot hilariteit van de Italianen.

Hans en Mathilde roken als schoorstenen.

4

Verbaasd doet Mathilde open.

'O ben jij het?' zegt ze als ze Philip ziet. 'Jou had ik als laatste verwacht.'

Ze aarzelen alle twee.

'Mag ik even?' vraagt Philip bedremmeld.

'Ik kan je moeilijk wegsturen,' lacht Mathilde zonder enthousiasme.

Philip stapt de keuken in en kan vanwege de sigarettenwalm nauwelijks iets onderscheiden. Hij kucht en ziet Hans met een groot mes tabak snijden. 'We moeten de voorraad aanvullen. Dit zijn geen vrolijke tijden. Wil je iets drinken, een schemerkelkje, zoals ze in Zuid-Afrika zeggen?'

'Nee, dank je,' zegt Philip, 'ik vind het heel erg wat er gebeurd is.'

Matje verstart.

'*That's life*, Philip,' zegt Hans. 'Matje, schenk mij een whisky in; een stevige, darling.'

Mathilde brengt er twee. Philip kijkt naar haar. Over haar voorhoofd hangt een van de nicotine vergeelde, grijze lok.

'*Bad luck*, Philip. Wie vertelde het je?'

'Ik heb hem gevonden.'

'Dat bedoel ik niet. Hoe weet jij van onze relatie?'

'Adolfo, hij zei dat...'

'Ah! De *bush*-telefoon. De *natives* weten alles. Drink wat, kerel. Je hebt het nodig. Hoe oud ben je?'

'Achttien.'

'Mathilde, een whisky erbij, *please*.'

Philip voelt zich verre van op zijn gemak. De kniekousen en

de puntige knieën van Hans maken hem bijna bang. En al die beeldjes en maskers irriteren hem mateloos. Hij wil weg voor Mathilde met de whisky komt. 'Ik denk dat het beter is als ik jullie met rust laat. Neem me niet kwalijk, ik had niet moeten komen.'

'Matje, geef die jongen zijn whisky. Philip, misschien kwam je ons helpen?' Betrapt kijkt hij het echtpaar aan.

Hans begint te glimlachen en zegt: 'Heb je nog veel gedichten geschreven de laatste tijd?'

Philip wordt kwaad. 'Nee. Ik was niet in de stemming.'

Mathilde schenkt de glazen in, Hans snijdt de tabak en blijft Philip aankijken.

'*Cheers*,' zegt Hans, 'op de goede afloop.'

'*Cheers*,' zegt Philip.

Hij neemt een heel klein teugje en vraagt: 'Waarom zijn júllie niet naar de politie gegaan? Dit is toch moord? Het is toch een vriend van jullie?'

'Tja, inderdaad, een vriend. Of misschien beter, een kennis. Zo lang kenden we hem ook niet.'

'Logeerde hij niet bij jullie?'

'Nee, hij logeerde over de grens, bij Sean McFarrell, een Amerikaanse schilder.'

'Maar hoe zit het dan?'

'Dat zouden wij ook wel willen weten. Ik denk dat hij op weg naar ons toe was, voor een slokje, een babbeltje.'

'Maar wat deed hij dan beneden bij de beek?'

'John was een natuurmens, hij hield van vogels. Hij wist er erg veel van. Vaak ging hij heel vroeg op stap om vogels te bespieden.'

'Oh,' zegt Philip; kennelijk zo weinig onder de indruk dat Hans gaat verzitten, hem scherp aankijkt en vraagt: 'Kom, kerel, wat weet jij eigenlijk?'

'Niets.'

'Wat weet je van de plannen die hij had?'

'Niets, heus, echt niets.'

'Oké. Ik zal je dan wat zeggen. Mathilde, *the same again*.'
'Voor mij niet hoor Mathilde, dank je.'

Hans drukt de zoveelste sigaret uit in hun pronkstuk, een aapasbak van zeepsteen, staat op en begint te praten, terwijl hij gedachteloos over de borsten strijkt van een van zijn vrouwenbeelden.

'Philip, je weet, ik ben een idealist. Ik ben het altijd geweest, altijd gebleven, ondanks de vele tegenslagen. Indië moesten we uit. Zimbabwe zijn we uitgegooid. Door het blanke regime. We hielpen de boys, de guerrilla's. We gaven ze eten, geld en onderdak. De goeie blanken zijn vertrokken. Natuurlijk hadden we teruggewild, maar dat kan niet. We zijn te oud. Ons geld krijgen we niet het land uit. Catch 22, je weet het. We krijgen geen aow, zoals jullie. Wij kunnen ons niet permitteren nog lang te leven. Nederland verloochent zijn eigen mensen. Wij, in Indië, in Rhodesië, wij hebben iets aan de ontwikkeling van de Derde Wereld gedaan. Ik moet lachen om dat Hollandse parlement met zijn schuldgevoelens en malle uitsloverij voor de zwartjes. Alle realiteit hebben ze uit het oog verloren.'

'Hans, lieverd, daar kun je bij zo'n jongen toch niet mee aankomen? Zo meteen zeg je ook nog dat je er geweest moet zijn om het te weten.'

'Nou, dat is toch zo.'

'Lieve Hannibal.'

'Philip, Matje zal het bevestigen, ik word matjeklap.'

Philip durft niet te lachen. Hij wil weg, maar Hans houdt hem tegen: 'Ik heb je nog niets verteld.'

Philip laat zich weer zakken. 'Zo had ik het nooit gezien,' mompelt hij.

Mathilde begint zachtjes te huilen. Hans legt zijn grote plantershand op haar schoot. Lief en onhandig fluistert hij: 'Zij is al matjeklap.' Hans en Philip schieten ook de tranen in de ogen.

'Matje, *whisky please*. Philip luister. Waarom John vermoord is, weet ik niet, maar hij had een groots plan. Hij wilde van Innocento iets geweldigs maken, een lustoord, een trefcentrum voor progressieve kunstenaars, schrijvers, denkers en politici. Hier op deze berg, een artistieke Bilderberg.'

'Wat?' zegt Philip verbouwereerd.

'Slimme zakenlieden en hun politieke vrienden hebben op de Bilderberg een machtige pressieclub opgericht om zichzelf te verrijken. Wij willen ons geestelijk verrijken en zo de wereld een *better place* maken *to live in*. John en ik zagen de noodzaak om heel Innocento op te kopen en dan te veranderen in een commune, waar creatieve mensen uit de hele wereld konden uitrusten en bijtanken.'

'Jullie speculeren, willen geld verdienen aan een ontwikkelingsproject. Mijn vader kan dat nooit goed vinden.'

'Philip, het was Johns idee. Hij is dood, maar ik denk dat ik het te zijner nagedachtenis door moet zetten. Natuurlijk, het lijkt kapitalistisch, maar als je niet professioneel te werk gaat bereik je niets, krijg je nooit een betere wereld. En zoals ik zei, het is bestemd voor progressieve mensen. De bedoeling is dat Innocento tot een linkse unit ontwikkeld wordt, maar dan luxueus zodat zelfs de duurste filmsterren Innocento als een links alternatief verkiezen boven Acapulco en St. Tropez. Er moeten saunabaden komen, massagezalen, theaters, kabelbaantjes van de hoofdweg naar het kuuroord, psychotherapeutische dansleraren, lessen in houthakken en kennis van de natuur, hoe maak je je eigen wijn, hoe slacht je een kip of konijn.'

'Maar dan gaat toch het karakter van Innocento verloren?'

'Philip, jonge dichter, wat maak je je nou wijs? Dacht je soms dat als blanken hun kleren uitdoen en in strooien hutten gaan wonen, zij het ware karakter van Afrika bewaren? In Innocento is toch niets anders gebeurd. De Nederlanders hebben dit dorp toch al vermoord, ja dat klinkt grof op deze dag, maar zo is het toch. Nederlanders durven de consequenties van hun daden niet te dragen. Na al mijn zwerven door de wereld kom ik er eerlijk voor uit, ik wil zo'n verlicht luxueus vedetteoord dat de kapitalisten van de Bilderberg jaloers worden.'

'Nou, ik geloof...'

'Wat geloof jij nou? Zal ik je eens wat vertellen. Die Nederlanders hebben hier het dorp voor peanuts opgekocht, voor een appel en een ei. Maar dan heeft die schilder in de contraprestatie een auto nodig, of de schrijver wil een huis aan de gracht en dan verkopen zij hun bezittingen zonder consideratie aan tekenaars en tekstschrijvers uit de reclamewereld, mensen die hun ziel en artistiek geweten allang versjacherd hebben. Dit soort figuren zeggen Mathilde, een echte schilderes, niet eens gedag.'

Philip kijkt rond en ziet geen enkel schilderij hangen.

'Matjeklap, vertel jij het maar.'

'Mijn beste werk is naar Zwitserland gestuurd. Ik ben uitgenodigd voor een tentoonstelling van het International Wildlife Fund. Ze hebben bijna alles gekocht en de kalender van volgend jaar is helemaal gewijd aan mijn werk, schilderijen van uitstervende dieren.'

'Goh,' zegt Philip, 'denk je dat ik jou mijn gedichten eens mag laten lezen. Ik ben ook in dieren geïnteresseerd. Ik ga biologie studeren.'

'Natuurlijk Philip, natuurlijk, maar zul jij dan beloven om met niemand te praten over wat wij jou vanavond hebben verteld?'

'Nee, nee, natuurlijk niet. Ik beloof het. Ik denk niet dat mijn ouders en hun vrienden het allemaal meteen begrijpen zullen.'

'Ik denk dat de autochtonen meer begrip hebben.'

'Weten zij iets van jullie plannen?'

'Nee, geen sprake van. Maar als ze het geweten hadden, zouden ze het meteen mooi hebben gevonden. Ze hadden allemaal een taak en goed loon gekregen. En wie zou het niet mooi vinden om Sophia Loren te bedienen?'

'Ik denk dat zij niet progressief genoeg is voor Innocento.'

'Haha, Philip je gaat je al echt verdiepen in het project, goed zo.'

Philip schudt zijn hoofd. Zijn gedachten dwalen af: de Italianen zijn te oud en te aardig om iemand te vermoorden. Zou het dan een Nederlander zijn? Philip wil er niet aan denken.

'Philip nog een whisky?'

'Nee, heus niet. Ik moet echt opstappen.'

Hans en Mathilde geven Philip een hand.

'Philip, Mathilde en ik hebben je bezoek zeer op prijs gesteld. Het deed ons goed om met jou zo'n fijn gesprek te hebben. Je beseft dat wij het niet eenvoudig hebben. Maar denk eraan: mondje dicht.'

Opnieuw begint Mathilde te huilen.

'Matjeklap, *alles sal reg kom.*'

Philip weet niet hoe snel hij weg moet komen. Hij struikelt bijna over een kat. Het is doodstil in Innocento. Uit een van de naburige huizen klinkt een bulderend gelach.

5

Philip wil naar huis. Hij snelt de treden af van het steile straatje en aarzelt of hij nog even langs het plein zal gaan. Hij doet het niet. Hij heeft honger. Bij het kolossale huis van Wessel slaat hij meteen linksaf het steegje in. De avond valt. Op verschillende terrassen worden houtskoolvuurtjes aangelegd. Vredig kronkelt de ijle rook naar boven. Hij hoort nu ook geroezemoes van stemmen, het zachte gerinkel van glazen en hier en daar heel beschaafd Radio France Musique. De klassieke Franse zender is het enige radiostation waar Innocento naar luistert. Televisie heeft niemand. De sterren staan erboven. Op het scherm verschijnen is uitstekend, maar ernaar kijken is andere koek. Zij maken hun eigen wereld, hun eigen realiteit. Zelfs een moord kunnen zij van zich afzetten. Philip begrijpt het niet. Is dat die beroemde zelfdiscipline waarmee ze de top bereikten? Of is het puur egoïsme?

Philips liefdesverdriet komt weer boven. Annelies is met haar nieuwe vriend in Amerika; op een zomercursus aan de Universiteit van Californië. Er is niemand met wie hij praten kan. Aan het eind van de steeg slaat hij rechtsaf. Zijn ouders hebben bezoek. Hij hoort de stem van Guusje Hofstra. Haar man zal er ook wel zijn. Hij stapt door de kleine vleermuizentunnel en fluit. Hij is toch bang dat er zo'n blinde vleermuis tegen hem aanvliegt. De oleander van Guusje doet hem weer schrikken. Iedere keer als hij de tunnel uitkomt denkt hij iemand te zien staan. Guusje moest eens weten. Ze doet zo haar best om van Innocento ook nog een exotisch tuindorp te maken. Onvermoeibaar plant ze in het hele dorp struiken en boompjes. Ze haalt ze overal vandaan. Zelfs wist ze stekjes te bemachtigen in de botanische tuinen van Jamaica en Ceylon. 'Een op de vier doet het, dat is toch de moeite waard,' is het optimistisch commentaar.

Philip wil het bezoek ontlopen. Ja hoor, Henk Hofstra, de geduchte hoofdredacteur is er ook. Hij voelt zich belangrijk. Hier vormen de Innocentonen een hechte gemeenschap, maar de overige maanden van het jaar scheiden zich de wegen en moeten ze in Henks krant lezen of hun nieuwe boek, show, tentoonstelling of politiek initiatief goed wordt ontvangen. Henk Hofstra heeft het gevoel dat hij hen allemaal als marionetten in zijn krant laat dansen.

Philip ziet dat Jan-Willem 'Prachtig' er ook is met zijn nieuwe verloofde. De conversatie is zo geanimeerd dat niemand Philip opmerkt. Zijn moeder vertelt een lang en kennelijk komisch verhaal. Dan kan het nog wel even duren voor er eten op tafel komt. Philip onderdrukt een vloek. Die eeuwige bezoekers, altijd maar lachen en elkaar overtroeven met 'wat IK nou weer heb meegemaakt.'

Zijn vader zwijgt als altijd. Hij zit op een keukenstoel en overziet het veld als een umpire op Wimbledon. Hij rookt zijn zoveelste sigaar. Die man had toch intussen kunnen koken? Niemand zou het merken als hij er niet was, denkt Philip. Hij glipt naar binnen, naar de keuken en de ijskast.

'Philip!' Zijn moeder heeft hem gezien. Haar ontgaat ook nooit wat. Voert ze het hoogste woord en nog ziet ze precies wat er gebeurt. 'Philip, kom eens gedag zeggen,' gebiedt ze, alsof hij nog een kind is.

Woedend slaat hij de ijskast dicht, stopt een stuk worst in zijn mond en komt tergend langzaam tevoorschijn. 'O, dag,' mompelt hij met volle mond in de richting van de gasten op het terras.

'Smaakt het?' vraagt Henk Hofstra geamuseerd.

'Och, andere mensen eten om deze tijd,' ketst hij terug.

'Flip, waar was je?' vraagt zijn moeder.

'O, ergens,' antwoordt Philip geïrriteerd over zoveel medeleven.

'Wat nou ergens,' spot zijn vader, 'zoveel is hier ook niet te beleven.'

Philip loopt het terras op, kijkt laatdunkend naar het drinkende gezelschap, pauzeert en zegt zo laconiek mogelijk: 'Ik was even bij Hans en Mathilde.'

Philip geniet van de verbazing op de gezichten. 'Bij Hans en Mathilde?' vraagt zijn moeder. 'Wat moest je daar doen?'

'Mag ik soms?' Philip kan het niet laten. 'In verband met de moord,' zegt hij.

'Moord, wat moord?' zegt Hofstra.

'Dat is helemaal niet zeker,' zegt Jan-Willem.

'Het slachtoffer was een vriend van Hans en Mathilde,' zegt Philip, alsof hij zout in de wond strooit.

'Waar bemoei je je mee,' zegt zijn moeder en krijgt meteen spijt. 'Ik bedoel, wat verschrikkelijk. Hoe wist je dat?'

Philip haalt zijn schouders op.

'Hoe zijn ze er aan toe?' vraagt Jan-Willem.

'Wat denk je?' zegt Philip vol verachting.

'Slecht zijn ze eraan toe, alle twee heel slecht.'

Hij draait zich om en zou het liefste de fles whisky op iemands hoofd kapot willen slaan. Hij loopt naar de balustrade en tuurt naar de auto's op de weg diep in het dal, aan de overkant van de rivier. Ze hebben hun lichten aan. Ze zijn klein als gloeiwormen. Heeft hij zijn mond voorbijgepraat? Hans en Mathilde hadden hem in vertrouwen genomen. Hij had zijn belofte gegeven. Hij kijkt naar de auto's in de verte. Er zitten mensen in, maar zij kunnen hem niet zien en hij kan hen niet zien. Hij voelt zich steeds hulpelozer worden en alleen met de moord. Hij moet glimlachen als hij Guusje Hofstra hoort zeggen: 'Een eigenaardige zaak, die moord.'

'Heb je ooit van een doodgewone moord gehoord,' grapt haar man, de hoofdredacteur.

Zijn moeder probeert de stilte te doorbreken met: 'Wie had ooit kunnen denken dat zoiets hier kon gebeuren.'

'Waarom niet,' zegt Jan-Willem. 'Innocento ligt in Italië en in Italië is moord en doodslag aan de orde van de dag.'

'Dit is toch geen Sicilië,' protesteert Philips moeder. 'Straks gaan jullie nog beweren dat het hier wemelt van de maffia.'

'Nee, voor de maffia moet je in Amsterdam zijn.'

'Het kan tegenwoordig overal gebeuren,' zegt hoofdredacteur Hofstra wijs.

Philips moeder neemt gedachteloos een olijf en mompelt voor zich uit: 'Die schatjes van Italianen kunnen het niet gedaan hebben.'

'Dan zijn het dus Nederlandse schatjes,' straalt Jan-Willem, alsof hij weer een punt scoort in zijn populaire tv-milieuquiz. 'Hoe groen is je gras?' Hij vervolgt: 'Zie je wel, jullie hebben die Amsterdamse maffia geïmporteerd.'

'Jan-Willem, doe niet zo mal,' protesteert Philips moeder. 'De enige zonde waartoe die Amsterdammers hier in staat zijn is schuin oversteken.'

Het gezelschap lacht.

Hofstra neemt een sigaret, klopt hem langdurig vast op de leuning van zijn stoel, zucht en zegt: 'Het hoeft toch niet per se iemand van hier te zijn geweest. We zitten hier op de grens tussen Frankrijk en Italië. Zo'n grensgebied trekt altijd illegaal verkeer aan, smokkelaars of mensen die zonder paspoort de grens over willen. Turken, Marokkanen of figuren die gezocht worden door de politie.'

'Ik geloof dat we het in die richting moeten zoeken,' zegt Philips moeder opgelucht. 'Nee, Nederlanders kunnen het niet gedaan hebben. Daar steek ik mijn hand voor in het vuur.'

'Nou, je hand in het vuur, dat is me wat,' zegt Guusje Hofstra.

'Kom, kom,' sust Philips moeder, 'juist op vakantie leer je je vrienden kennen.'

'Er zijn er anders heel wat die hier dit jaar voor het eerst zijn,' zegt Jan-Willem. 'Vrienden die een huisje lenen en al die gasten die maar dagen blijven hangen.'

'Tja, nou je het zegt, Jan-Willem, jouw nieuwe verloofde is

voor mij ook een onbeschreven blad,' antwoordt Philips moeder snibbig.

Jan-Willem voelt zich belaagd en krijgt een kleur. 'Marieke, heb je wel een alibi,' grapt hij onzeker.

Marieke, de nieuwe verloofde, laat zich niet van haar stuk brengen: 'Tijdens de moord was ik bij jou in bed, als dat tenminste voldoende alibi is.'

Guusje Hofstra probeert de rust te herstellen: 'Nee, laten we elkaar nou geen verdachtmakingen naar het hoofd slingeren. De een zou dit en de ander dat, nee, dat is niet prettig. Ik wil voor niemand hier een hand in het vuur steken.'

'Er zijn er bij die je het andere jaar niet terugkent, zo veranderen ze. Niet alleen dat ze van vrouw veranderen, ze wisselen ook van levensstijl,' valt Henk zijn Guusje bij, maar het valt verkeerd.

'Nou is het wel mooi geweest.' Jan-Willem vliegt op.

Deze keer bloost Guusje. 'O sorry, ik weet zeker dat Henk helemaal niet jou bedoelde. Wij denken aan Leendert. Die is echt helemaal kierewiet.'

'Ja Leendert. De belastingconsulent van artistiek Amsterdam. Die man komt hier zeker al tien jaar; nu met zijn vierde of vijfde vrouw. Iedere keer een totaal ander type. Dus is ook hij een totaal ander type. Een kameleon is het. Nu is hij ook nog vegetariër en dat met een naam als Varkenvisser!'

'Ach,' zegt Philips moeder, 'laat hem toch in dat oranje lopen. Anders is het helemaal zo'n droogkloot. Uitstekend voor het invullen van belastingpapieren, maar geen vrouw die het langer dan drie jaar bij hem uithoudt.'

'Nee, met Leendert is er meer aan de hand,' zegt Guusje. 'Hij loopt voortdurend rond alsof hij in trance is. Hij ziet niemand, groet niemand, is alsmaar in gedachten. Als dat nou Bhagwan is, dan hoeft het voor mij niet. Die man is echt zichzelf niet meer. Heel wat anders dan vorig jaar met die Juliaan. Daar was hij knetter verliefd op. Hele dagen lagen ze naakt te zonnen.'

'Wat doet hij dan met die nieuwe vrouw?' vraagt Jan-Willem enigszins tot rust gekomen.

'Voorzover ik kan nagaan, helemaal niets,' antwoordt Guusje en begint hard te lachen. 'Weet je nog, Mary,' zegt ze tegen Philips moeder, 'dat wij vorig jaar elkaar midden in de nacht tegen kwamen voor Leenderts deur. Alle twee waren we wakker geschrokken, dachten dat er buiten een kind huilde en toen bleek het Leendert te zijn, die zich ongegeneerd uitleefde. Het hele dorp trilde ervan.'

'Die nieuwe vrouw is een verschrikkelijk katijf,' zegt Mary.

'Ze loopt rond alsof ze een godin is en ieder ander een voetveeg. Je zou niet zeggen dat ze hier voor het eerst is. Ze doet alsof heel Innocento haar tempel is.'

'Die Bhagwan brengt heel wat ellende. Zoals al die sektes maken ze heel wat mensen kapot. En ook voor elkaar zijn ze hard en wreed. Ze hebben steeds groepsmeditaties, misschien hebben jullie het op de televisie gezien, maar dat gaat me even van klits-klats-klanderen, elkaar beledigen en afmaken. En dan ineens gaan ze hysterisch lachen. Dat is bevrijding, zeggen ze. Nou, geef mijn portie maar aan fikkie.'

Philip schiet overeind. De bulderende lach van daarboven.

De schreeuw van overmoed bij het vallen van de nacht. Het spoor verspringt van richting.

6

Het is stil rond het huis van Leendert Bhagwan, verdacht stil. Het is aardedonker, de straatverlichting is uitgevallen, een ster schiet omlaag. Philip haalt diep adem en weer valt een ster naast de melkweg. Philip is niet bijgelovig, maar als jong dichter begrijpt hij de tekens uit het heelal. De wens zal in vervulling gaan. Rust daalt over hem neer. Hij wil op een stoepje gaan zitten en wachten tot een nieuwe schreeuw uit het huis van Leendert zal klinken. Hij tast voorzichtig met zijn uitgestrekte hand naar het stoepje en bukt zich voorzichtig. Maar dan stoot hij zijn hoofd tegen een uitstekende steen. Hij kan nog net een schreeuw onderdrukken. Die zou de bulderende lach voorgoed hebben uitgewist. Hij gaat zitten, hij hoopt nog een echo op te vangen tussen de muren in de steeg rond Leenderts huis. Hij begint wat meer te onderscheiden onder de sterverlichte hemel. Alle ramen zijn dicht. Dat verbaast hem. Wanneer heeft Leendert ze gesloten, vóór of na het lachen? Op de warme zomeravonden heeft toch iedereen altijd alle ramen open. Ook de bruin gebeitste staldeur, nu de voordeur, is dicht en geeft geen krimp of inkijk.

Wat zou die Varkenvisser te verbergen hebben?

Philip verrekt van de koppijn en staat lusteloos op. Het was een harde klap. Steunend met een hand tegen de muur strompelt hij langs het stille huis. De muur is zwaar en ondoordringbaar als van een mausoleum. Geen geluid, geen geur, niets dringt naar buiten. Ik stel me aan, denkt hij en stoot weer bijna zijn hoofd. Hij sleept zich voort langs het sterk stijgende pad, vertrapt een plant die Guusje met veel moeite in leven houdt en stoot tegen een bak bedorven kattenvoer. Als hij zich nu maar niet verraadt. Hij houdt zich stil en de stank trekt zijn neus in.

Onder hem gaat een deur open. Hans en Mathilde steken voorzichtig hun hoofd naar buiten, whiskyglas in de hand en de onafscheidelijke sigaret als een vuurvlinder dansend voor het gezicht. Zij kijken alsof ze iets gehoord hebben en draaien in trage foxtrot rond onder de druivenwingerd die zo'n aandoenlijk afdakje boven hun deur vormt. Zij mompelen iets, gaan weer naar binnen. Zij hebben zich vergist en sluiten de deur.

Philip heeft geen zin meer in het avontuur. In zijn hoofd zeurt de pijn. Alleen als hij zich niet verroert, voelt hij niets. Wat zou hij proberen de moord op te lossen, wie is er mee gediend? Alleen maar narigheid. Het lijk zal niet uit zijn graf opstaan. Een moord is een moord, en daarmee basta. Maar dan hoort hij plotseling praten, op een betoverend ritme.

Philip luistert alsof de wijze stem opborrelt uit het diepst van zijn eigen hart. De echte betovering, maar de stem komt van buiten uit een onbewoond huis.

Met handen en voeten kruipt hij er naartoe, hij vergeet zijn hoofdpijn. Het is een prachtig gedragen melodieuze stem. De man spreekt Engels, in een zoet, Oosters accent. Philip verstaat hele flarden van zinnen over liefde, de ander, het zijn en verlangen. Hij spreekt met lange zinnen die als guirlandes van zoete bloemen aan elkaar geregen zijn.

Philip snuffelt met zijn neus langs de grond en probeert via de lichtspleet van de drempel naar binnen te kijken. Het lukt niet maar hij legt verlustigd zijn oor te luisteren. Hij schrikt van zichzelf: stel je voor dat er iemand naar buiten komt. Nu pas beseft Philip tegen welke deur hij aanligt. De balzaal, roept hij bijna uit. Het is de ruïne die Leendert vorig jaar gekocht heeft. Het was een vervallen stal, waar niemand belangstelling voor had. Van het vertrek was weinig te maken en er was niet eens een zonneterras. Een terras was ook niet te maken, maar Leendert had het toch gekocht en had opdracht gegeven het te veranderen in een protserige marmeren zaal. Hij moet zijn zwarte geld zeker kwijt, zeiden de dorpelingen.

Philip haalt diep adem en maakt zijn neus tot vader van zijn gedachten. Ik ruik wierook, denkt hij. Hier is wat aan de hand. Een dichter en wierook, dan zullen er ook wel kaarsen zijn. Dit is geen balzaal, het is een tempel van Bhagwan. Leendert is bekeerd; geen feesten en orgiën meer, maar bezinning en meditatie, ofschoon het natuurlijk ook allemaal nep kan zijn. Al die mystiek leidt tot uitwassen. Occultisme en hekserij, in naam van oranje. En wat roep je dan? Bhagwan. Philip luistert weer geboeid naar de weldadige en geruststellende stem. Wie zou deze priester zijn?

Voorzichtig klimt Philip naar het verlaten terras van de buren. Hij kijkt op tegen het kleine, zwak verlichte raam, maar moet hoger gaan staan om ook een inkijkje te krijgen. Tegen de muur staat een olijvenpot en Philip wil er opklimmen. Nog net bijtijds begrijpt hij dat de oude pot het niet houden zal. Philip is niet zwaar, maar toch. Hij kijkt rond en ziet de oplossing, een zware marmeren tafel. Philip klimt erop en overziet het tafereel, een schimmenspel.

De tempel is spaarzaam verlicht met flikkerende kaarsen. Zes mensen zitten in lotuszit, in een kring. Er zijn ook kinderen bij. Alle ogen zijn gericht naar een voorwerp in het midden. Er ligt een Indiaas lapje overheen en de twaalf ogen staren alsof zij de slang bezweren. Maar er is geen slang. Het is de stem van de poëet die zij opzuigen, de honingzoete stem waaraan zij zich laven, de gulden stem van... een cassette.

Leendert zit braaf in de kring, zijn nieuwe vrouw staat er buiten. Zij is de hogepriesteres en maakt mystieke gebaren onder het portret van Bhagwan zelve, de wijze profeet met de slimme oogjes, de mannelijke kaak onder de verfijnde lippen en de grijze baard van puur natuur. Hollywood had hem niet beter kunnen bedenken. En wat een begenadigde stem. Zelfs op de cassette doet hij wonderen. Een heel bijzondere man, denkt Philip. Hij hoort een klik, de band is op. De stem verstomt, het sprookje is uit.

De priesteres kijkt op. Zij heft haar handen omhoog. Haar lichaam begint te trillen, alsof de slang naar buiten moet, weg uit haar lichaam. Hysterisch begint ze te lachen, met lange snerpende gieren. De zes lotusbladen vallen in, bulderend en angstig; ieder op zijn eigen manier. Philip wordt bang. Hij wil ook schreeuwen, lachen, de bevrijdende gil. Maar dat kan niet: hij zou zich hebben verraden op het moment suprème.

Leenders liefde blijft gieren en schudden tot ze na twee of drie minuten stopt, even abrupt als de cassette van Bhagwan. Zij maakt met haar rechterhand een kleine venijnige beweging en ieder zwijgt. Leendert grijnst wat na, de gezichten verstrakken en een van de kinderen begint zachtjes te huilen. Ze verbergt haar bange gezicht in haar handen.

De priesteres in haar lange oranje gewaad staat op en vraagt, als de boze fee: 'Samantha, wat is er met je?' Het meisje slikt en knikt. 'Samantha, voel je jezelf.'

'Ja, ja,' snikt ze. Samantha voelt zichzelf.

De priesteres strekt de armen naar voren. De gemeente rijst en volgt haar in trage processie, tweemaal in het rond, en dan naar buiten. Met de toppen van haar uitgestrekte vingers stoot zij de deur, die als in een wonder wijkt. Nog net op tijd kan Philip wegkomen. Hij verstopt zich achter de olijfpot en ziet hoe het bizarre gezelschap als een groepje slaapwandelaars, in lappen en lakens, in het duister verdwijnt. Zonder licht en zonder vallen. Toch wel heel bijzonder, denkt Philip. Hij blijft op zijn hurken zitten tot alle geluid is verstomd en het licht aangaat in Leenderts huis.

De tempeldeur is open gebleven en Philip sluipt naar binnen, met het griezelige gevoel dat hij in een val wordt gelokt en niet meer weg kan. Er is geen andere deur. Verloren loopt hij rond tussen de half afgebrande kaarsen en hij bedenkt wat hij zeggen moet als de priesteres of haar Leendert de kaarsen uit komt blazen. Bhagwan straalt hem toe met een meewarige glimlach. Hij vernedert zijn discipelen op de meest gruwelijke manier, heeft Philip gehoord en wanhopig vraagt hij zich af wat hij hier eigenlijk doet. Hij zoekt, stoot steeds maar weer op de grijns van Bhagwan en knielt neer bij een grote tekening in goud en rood en blauw van een Bhagwan-paradijs, een stadje van tempels en werkplaatsen, bomen en planten, kloosterverblijven en grote poorten. Dat is dus de Heilige Stad, Poena, denkt Philip. Hij kijkt en kijkt, en vraagt zich af waar hij die stad toch eerder heeft gezien. Ineens *ziet hij het*. Het is Poena niet, het is Innocento! Bhagwan wil Innocento inlijven tot zijn nieuwe Oranjestad. Philip herkent alle grotten, straten, stegen, huizen en pleinen op de prachtig verluchte prent van zuiver perkament.

Philip kijkt in paniek om zich heen. Innocento wordt belaagd, vanuit het oosten en het westen, door Bhagwan en Bilderberg. De hele kolonie wordt bedreigd. En niemand die het weet. Behalve hij. Als een echo weerklinkt in zijn hoofd de bulderende lach.

7

Nog steeds zit de familie op het dak. De hoofdredacteur en zijn Guusje zijn vertrokken, maar de rest zit er nog, temidden van lege chiantiflessen.

Philip gebaart als een vogelverschrikker en is sprakeloos. Zijn vader en moeder, Jan-Willem en Marieke, iedereen praat en praat. Ieder wil de ander overstemmen. Niemand die luistert.

Zijn vader staart voor zich uit. Iedereen heeft het naar zijn zin. De tafel ligt vol brokken brood, een sliert sla zwemt met een sigarettenpeuk in een bord van het Sèvresservies van de veiling van Parijs dat zo mooi past bij de nieuwe ovalen tafel. Jan-Willem snijdt slordig een stuk dolce latte af en krast op het gepolijste marmeren tafelblad. Niemand let op hem, niemand, totdat Mary het plotseling doorheeft dat haar zoon boos en onbegrepen voor haar staat.

'Lieverd, we zijn je helemaal vergeten,' roept ze met alle dramatiek en zelfbeklag die zich een Nederlander in Italië eigen kan maken.

'Stel je niet zo aan,' zegt Jan-Willem, 'het Leiden des Jungen Werthers.'

Vernietigend kijkt Philip de quizmaster aan: 'En wie was de schrijver?'

'Ja, Jezus, wie was dat ook weer?'

Marieke begint te lachen. Philips vader zegt: 'Hoe kun je dát nou vragen, Jan-Willem Prachtig heeft nooit geleden.'

'Jaloers?' vraagt Mary.

'Laten we niet persoonlijk worden,' zegt Paul en zoekt naar zijn sigaren. Ze liggen op tafel. 'Philip, waar zat je eigenlijk?'

'Dat gaat jullie geen reet aan.'

'Een nieuwe liefde, Philip?' Jan-Willem probeert revanche te nemen.

Philip heeft er alweer genoeg van en loopt naar binnen.

'Flip, je moet toch iets eten. Wacht maar,' zegt Mary.

'Er is anders niet veel over,' zegt Paul.

'Ja jongen, de hond in de pot,' moet Jan-Willem nog even kwijt.

'Nu is het afgelopen,' beveelt Marieke. Ze staat op en slaat moederlijk een arm om Philips schouder. 'Ik vind wel wat voor je, anders heb ik bij ons thuis in de ijskast nog wel wat.' Gegeneerd trekt Philip een hoge rug en maakt zich los. Zijn moeder roept dat er nog eieren zijn.

Marieke maakt een Spaanse omelet. 'Houd je van scherp?'

Jan-Willem brengt twee glazen wijn en mompelt sorry.

Buiten lopen weer drie gesprekken tegelijk, maar Philip zwijgt en staart naar zijn bord.

'Zit je in over die moord?'

Philip antwoordt niet. Hij kijkt Marieke even aan en snijdt de omelet in overdreven kleine stukjes. Hij voelt zich niet op zijn gemak.

'We zitten er allemaal mee. We zijn allemaal een beetje van slag.'

'Ja dat is te merken.'

'Heus, Philip, niemand vindt het leuk,' zegt Marieke en legt het hoofd in haar handen. De ellebogen steunen op tafel. Ze is flink bruin. Ze heeft kraaienpootjes naast haar grijsblauwe ogen. Philip schat haar achter in de twintig. Hij kijkt naar haar stevige armen, handenarbeid denkt hij.

'Wat doe je eigenlijk, Marieke?' Ze draait haar hoofd een slag naar links en de vingers van haar hand trekken haar gezicht in een vreemde plooi.

'Hoe bedoel je?'

'Werk je of ben je Jan-Willems vriendin?'

'Dat is ook werk, maar wat denk je eigenlijk?' Is ze beledigd of geamuseerd?

'Ik heb pas geleden gelezen dat het voor mooie vrouwen even verleidelijk is om geen vaste baan te kiezen als voor jongens met een grote erfenis.'

'Vrouwen krijgen ook weleens een erfenis. En mooie vrouwen met geld willen ook weleens hogerop.'

'Ben jij een streber?' Philip durft Marieke niet goed aan te kijken. Daarnet voelde hij zich veel meer op zijn gemak, toen ze zo behendig met een beetje van dit en een beetje van dat die omelet tevoorschijn goochelde.

'Marieke, zullen we wat koffie zetten?' Hij zegt niet 'zal ik' of 'wil jij', maar tot zijn grote opluchting staat ze op.

'Maar heb je nu een baan?'

'Ik ben binnenhuisarchitecte.'

'Dan is er hier heel wat voorje te doen.'

'Ik vind dat het hier overal heel modieus is ingericht. *Avenue* zou een jaar lang prachtreportages kunnen maken.'

Philip zwijgt en begint fijntjes te glimlachen. Marieke schenkt koffie in.

'Heb je soms werk voor me?' Hij laat voorzichtig twee suikerklontjes zakken in het goudomrande groene bistro-kopje en roert. Marieke staat tegenover hem aan de andere kant van de tafel. Ze doet haar armen over elkaar en trekt met haar ogen, alsof ze in de zon moet kijken. 'Philip, jij hebt toch die dode man gevonden, hè?'

Philip reageert, maar blijft zwijgen. Marieke moet iets zeggen: 'Je bent zeker heel erg geschrokken. Het moet wel. Wel meer dan wij. Het moet een heel nare ervaring zijn geweest.'

Philip laat haar praten. Hij wil dat ze doorgaat, totdat hij opstaat en zegt: 'Ga even mee naar mijn kamer.' Marieke stelt geen vragen. Ze gaat mee en gaat op Philips bed zitten.

Het is een vrij kleine kamer met gewelfd plafond en zoals de meeste huizen wit gepleisterd. Tegen een muur hangt een gietijzeren grafkruis en op de grond staat een vaas met gedroogde distels. In een nis liggen een paar schelpen, een brok marmer en de schedel van een schaap die hij uit de rivier heeft opgevist.

Voor het raam staat een zware, houten tafel met boeken, een glazen stolp met een opgezette vlinder en een reeks briefkaarten en foto's die hij tegen de muur heeft geprikt. Op zijn draagbare radio, een wereldontvanger, heeft hij stickers geplakt.

'Zit je hier vaak?' vraagt Marieke.

'Ja, om te werken.' Hij pakt de stoel die voor een stapel onbeschreven schrijfpapier op tafel ligt, draait hem om en zet hem zo neer dat hij zijn voeten op de rand van het bed kan leggen.

Philip geeft Marieke een kussen voor in haar rug en plaatst haar aan het hoofdeind strategisch in de hoek.

'Kun je een geheim bewaren?'

'Ja,' zegt Marieke, heel ernstig. 'Ik kan zwijgen als het graf.'

'Ook tegenover Jan-Willem?'

'Ook tegenover Jan-Willem.'

Het klinkt alsof zij een eed aflegt bij de samenzwering in de blokhut.

Ingehouden begint Philip zijn verhaal, maar als hij aan het lijk toe is, raakt hij steeds meer opgewonden. Grote gebaren illustreren het bezoek aan de doorrookte cultuurbouwers uit Zimbabwe en hij kruipt op zijn knieën naar de blote voeten van Marieke bij het begluren van Bhagwan.

'Niet te geloven,' zucht Marieke.

Philip schudt aan haar voeten.

'Het gaat om bewijzen.'

'De bewijzen, ja Philip de bewijzen, hoe kom je er aan?'

'Tja.'

Even blijft het stil.

Philip blijft op zijn knieën zitten en draait peinzend een cirkeltje rond Mariekes grote teen.

Zij bijt op haar linkerwijsvinger en zegt: 'Heel boeiend, heel merkwaardig. Eerst staat hier zo'n 500 jaar de tijd stil. Dan komen de Hollanders en maken een nieuw Buitenzorg dat ook niet mag veranderen. En nu plotseling een strijd op leven en dood tussen kerk en kapitaal. Vroeger gingen die nog wel hand in hand.'

'Nee, er is niets veranderd. Het is de poen van Poena.'

'De poen van Poena, moet je horen.'

'Ja, al die sektes zijn *big business* en met god in de banier is moord en doodslag nog een heilige daad ook. In gods naam mag alles.'

'Nou, niet zo overdrijven, Philip.'

'Ik ben volstrekt realistisch, je hoeft mij niets meer te vertellen.'

'Zo jong al niet meer?'

'Tante.'

'Wat wil je nou dat ik zeg, romantisch kind.'

'Jij neemt me niet au serieux.'

'Philip, hoe kom je daarbij.'

'Goed dan, maar er is een andere mogelijkheid, misschien hebben ze hem vermoord omdat hij hen betrapt had in zo'n vreemde sessie. En wilden ze tijdens dat duivelse lachen een zoenoffer brengen. Het zijn fanaten, vergis je niet. Ze gaan over lijken.'

'Maar niet die sullige Leen van Oranje.'

'Waar blijven jullie toch?'

Moeder Mary steekt haar hoofd om de deur. 'Kijk hier eens.'

'Die Philip kan goed vertellen, zeg.'

'Ja, ik zie het, je hebt er een kleur van. Jan-Willem wil naar huis. Philip, we hebben net afgesproken dat we morgen weer eens naar zee gaan. Frankrijk, dachten we, Menton of wil je Nice?'

'Ik ga niet mee. Ik heb geen tijd. Ik moet werken.'

'Ach Philip, kom nou mee. Van studeren komt nu toch niets.'

'Mag ik dat alsjeblieft zélf bepalen?' Mary wil wat tegen Marieke zeggen, maar die kijkt peinzend langs haar heen.

8

De vogels zijn gevlogen als Philip in pyjamabroek op het terras verschijnt. Paul en Mary zijn al weg naar zee; altijd weer vroeger dan iemand anders. Zelfs op hun vakantie kunnen zij zich niet ontspannen, is er geen tijd om met zijn drieën te ontbijten. Zo moet je toch wel dichter worden, stelt Philip ongelukkig vast. Hadden ze hem niet even een kop thee kunnen brengen?

Niets ergers dan zo'n grote pot halfkoude thee met zo'n petroleumvel erover. En dan weer zo'n irritant briefje: 'Lieverd, vermaak je. Hopen voor het eten thuis te zijn. Ga anders naar de bar. Kussen, pap en mam.'

Had ik ze maar bewaard al die briefjes met al die kussen, de een nog korter dan de ander, dan had ik kunnen optellen hoeveel liefhebbende kussen ik wel niet gehad heb.

Hij zet water op, maar wil helemaal geen thee. Hij zet de ketel weer van het vuur en neemt het kleine espressopotje. Misschien is het vreemd, maar het doet hem altijd weer goed, om die koffie uit die stalen pik te zien spuiten. Iedere keer weer, als hij dit mannelijk gebeuren gadeslaat moet hij glimlachen en denkt hij zoiets als: mijn dag is weer goed. Als een pasja in pyjama drinkt Philip met kleine teugjes het kopje leeg.

Het is al warm en boven hoofdredacteur Hofstra gooit Eva haar benen in de lucht. Ook die actrices schijnen nooit rust te nemen. Iedere ochtend maakt zij op haar terras de verplichte oefeningen, terwijl echtgenoot Pieter zijn vakantieplicht vervult: driftig typen aan zijn zoveelste mislukte roman. Vanaf zijn terras kan Philip een aardige blik werpen op de bijenkorf. Iets meer de berg op ziet hij Jan-Willem vlijtig in de weer met een gieter. Zijn bougainville moet Guusjes planten in de schaduw zetten. Zij en haar hoofdredacteur, vlak boven Philip, zijn de langslapers. Voor elven komen ze nooit tevoorschijn. 'Je moet de kracht op kunnen brengen om te slapen als de mensen 's ochtends je krant lezen,' zei hij eens.

Bij de familie Wessel klinken vrolijke kinderstemmen. Er zijn alweer vriendjes en vriendinnetjes en ze maken zich zeker al klaar om straks weer als altijd in optocht naar de beek te gaan.

De Varkenvissers zijn nog in Bhagwan en helemaal boven, in het hoogste huis, serveert Barend Bruyt het ontbijt. Barend is de arts van het Nederlands elftal en Bé speelt harp in het Concertgebouworkest.

Het zien van al die trendsetters maakt Philip, zo vroeg op de ochtend, al heel erg moe. Hij wil niet meer speuren, gunt Leendert de tempel en zijn feeks en zou best eens een lekker potje willen schaken, gezellig aan de beek.

Er wordt aan de deur geklopt. Giuseppe met een armvol lavendel; het hoofd verborgen achter de gigantische bos grijze sprieten. Met moeite slaagt hij erin een hand vrij te maken en zijn vette pet af te zetten.

'Is uw moeder thuis?' Wat onhandig blijft de oude man in de deuropening staan.

'Nee, maar ga even zitten, Giuseppe.' Philip biedt hem een stoel op het terras, Giuseppe legt de lavendel op tafel. De doordringende zoete geur doet Philip verzitten.

'Het is de beste kwaliteit. Op de markt krijg je er veel geld voor, maar ik ga niet. Het geld is niets meer waard.' Hij wrijft een paar korrels kapot in zijn eeltige handen en Philip mag ruiken aan de pure aroma. Giuseppe glimlacht trots, zoals hij dat ieder jaar doet bij het zomerse lavendel-ritueel.

'Uw moeder moet de lavendel in de linnenkast leggen.' Zorgvuldig vlecht hij van een bosje lavendel een gesloten mandje, waarin de korrels rammelen als in een primitieve rammelaar uit een heel ver land. 'Voor iedere kast moet u er een maken,' zegt Giuseppe. Hij heeft met zijn knokige vingers voorgedaan hoe het moet, nu moeten Philip en zijn familie het zelf maar doen. Giuseppe staat op en veegt zijn handen af aan zijn gescheurde hemd; hetzelfde dat hij droeg toen Philip hem zag schuifelen rond het botenhuisje. Ook het mes steekt weer uit zijn broek en drukt tegen zijn zware buik. Hij schudt met zijn rechterhand door de bos lavendel en Philip ziet hoe de dikke korrels op de grond vallen; alsof Giuseppe rattenkruid strooit. Traag en symbolisch.

'Wat doe je nou,' zegt Philip, 'zo blijft er niets van over. Of betekent dat strooien iets?'

Giuseppe, die in geen 50 jaar een voet in de kerk heeft gezet, slaat een kruis. 'Het gaat slecht met Italië.'

'Ja,' mompelt Philip, niet wetend wat Giuseppe bedoelt.

'Het lijkt wel oorlog. In de oorlog hebben we ook wel lijken van vreemdelingen gevonden. Hier in de bergen op de grens zaten de partizanen. Ze werden neergeschoten als hazen. Zij en de moffen, je kende ze niet. Het waren anonieme lijken. Maar in vredestijd, nee.'

'Zijn er in vredestijd geen moorden?'

'Jawel, natuurlijk, maar dat zijn echte moorden; moorden met hartstocht. Ingenieuze moorden. Je kent het slachtoffer en de dader zit onder ons maar, als het goed gaat, vind je hem nooit.'

'Zoals nu.'

'Een vreemdeling vermoorden, dat is iets anders, dat is geweld, geen hartstocht. Ik weet niet wat er met Italië aan de hand is. Terreur.'

'Toch niet hier in Innocento?'

Giuseppe kijkt Philip meewarig aan: 'Ook hier. De echte moord is met de natuur verbonden, vindt plaats rond volle maan, als de zee wild is en de natuur onrustig. De moordenaars kenden de natuur.' Giuseppe pakt een bos lavendel en zweept ermee, alsof het een roede is. 'De man in het botenhuis werd gevonden tussen plastic, dat is dood spul, maar neem de grootmoeder van Carlotta, die daar gewoond heeft onder in het dorp. Zij wist dat haar man haar ontrouw was. Ze wist ook waar, daar boven in de bergen, bij de lavendeloogst. Op een dag, toen de schuur vol lavendel lag, heeft ze de luiken dichtgedaan en toen hij binnen was maar niet alleen deed ze ook de deur dicht. De minnaars raakten bedwelmd en stierven op een bed van lavendel. Dat is hartstocht. Maar tegenwoordig als je in de winkel een fles lavendel koopt is het allemaal chemisch. Mijn lavendel is echte lavendel.'

'Goed om een moord mee te bedrijven.'

'De bergen brengen niet genoeg meer op. De oogst is niet goed meer. Heb je gezien, er zitten allemaal beestjes in de olijven. Het gaat niet goed. Dit jaar heb ik voor het eerst olijfolie moeten kopen. Het is chemisch. De mensen worden er ziek van. Ze krijgen last van hun hart. Niet van mijn olie.'

'En de wijn, Giuseppe?' Hij begint te stralen, twee bruine tanden komen tevoorschijn. 'Die is uitstekend, *multo naturale*, maar niet genoeg en dit jaar wordt slecht. Te veel regen.'

Hij wijst naar een klein wolkje in de blauwe lucht, schudt zijn hoofd en staat op. Het is alsof hij vlucht, alsof hij te veel heeft gezegd. Hij groet Philip haastig en verdwijnt, een touw om zijn broek, langs de huizen waarvan bijna de helft van hem is geweest.

9

Philip begrijpt het niet. Giuseppe, dat weet hij zeker, heeft hem op een spoor gezet, maar hoe verder?

Hij kleedt zich aan en loopt naar het Piazza del Populo, op weg naar de bar. Het gierende geluid van een auto die de berg op scheurt, maakt een abrupt einde aan zijn gepieker. De auto remt vlakbij hem, er springt een vrouw uit met wapperende haren. Het is Marieke. Ze is flink overstuur. Philip kan zich geen houding geven, het gaat allemaal te vlug.

'Philip, Philip,' met uitgestrekte armen rent ze naar hem toe, 'help, help.' Ze grijpt Philip bij zijn arm, sleurt hem mee naar de auto. 'Er zit een man in de auto, een doodzieke man.' Philip ziet een opgevouwen figuur over de achterbank hangen. 'Hij stond beneden aan de weg en vroeg een lift. Pas toen hij instapte zag ik hoe vies hij was en vuil. Hij is doodziek. Zijn broek is doorweekt, hij heeft geplast en volgens mij ook gepoept, walgelijk Philip, wat moet ik doen? Hij stootte zijn hoofd bij het instappen. Hij bloedt als een rund en hij is kotsmisselijk.'

Philip kijkt. 'Ook dat nog, Duco. Die mag hier niet meer komen. Ik kan merken dat jij hier nieuw bent. We hebben hem uit het dorp gezet. Hij hoort niet in Innocento.'

'Wie heeft dat beslist? Je kunt hem toch niet laten liggen?'

Innocento moest zuiver blijven en daarom was er voor Duco de junkie geen plaats. De Hollandse gemeenschap was nog te veel bezield van het grote ideaal om de bijproducten van de welvaartsstaat te kunnen dulden. Verloedering kweekt onvrede en dat kun je niet hebben. Dit is geen Amsterdam. Innocento wil het mooi houden. Dat is ook beter voor de kinderen.

Philip twijfelt. In de verte onder de olijfbomen loopt een ezel. De Barmhartige Samaritaan. 'Duco, kom er maar uit.'

Duco huilt: 'Ik kan niet, ik ga dood. Ik ben zo ziek als een hond, godverdomme.'

Het bloed loopt tappelings van zijn wang.

'Marieke, houd hem even in de gaten, ik ben zo terug.'

Voordat ze kan protesteren, rent Philip de berg op, richting dorpsdokter Bruyt.

Dr. Bruyt is aan de afwas, zijn vrouw tokkelt op de harp. Als Philip zijn verhaal afsteekt, blijkt de dokter niet erg onder de indruk. Haast geamuseerd trekt hij zijn rubber handschoenen uit. Hij aait Bé over haar blote rug, pakt zijn dokterskoffertje en loopt met Philip mee naar beneden in een smetteloos geperste zwarte korte broek. Een stethoscoop bungelt over zijn behaarde borst.

Duco is naar buiten gekropen en hangt kokhalzend over de motorkap. 'Oh, dat is duidelijk. Daar heb ik wel wat voor,' lacht Bruyt die in Nederland voortdurend elf mannen op moet peppen.

'Zo,' zegt Bruyt alsof hij tegen zijn stoute hond praat, 'jij hebt weer gepakt, hè. Hier, slik door.'

Duco mompelt iets van: 'Krijg de klere, hufter,' en probeert de pil door te slikken. Bruyt knijpt ferm zijn neus dicht en dat helpt. Met een spons maakt hij de wond schoon.

Al na een paar minuten gaat het beter. De pil werkt. 'Ach, in mijn branche heb je paardenmiddelen nodig. Een wedstrijd duurt maar tweemaal 45 minuten.'

'Wat is het, Barend?'

'Dat doet er niet toe. Ik noem het maar Hup, Holland, Hup.'

Duco maakt de eerste stappen, ongesteund loopt hij naar Barend en snauwt: 'Ik heb geld nodig.'

Barend zet een voet op een grote steen. Het teken dat hij de patiënt ontspannen toe gaat spreken. Ook in Innocento is Barend snel en doortastend. Vakanties zijn evenals wedstrijden snel voorbij. 'Duco, luister. Jij hebt altijd geld nodig. Als je het niet krijgt, zul je het stelen. Als het moet, sla je er nog iemand voor neer ook. Zo gaat het niet langer. Voor je eigen bestwil. Ga hier weg. Ga terug naar Nederland en laat je behandelen.'

'Klootzak, sportproleet, fascist, waar bemoei je je mee.' Dr. Barend draait zich om naar Philip en Marieke die een paar stappen achteruit waren gegaan.

'Meer kan ik niet doen,' zegt hij. 'Ik ga maar weer. De familie wil naar Monte Carlo. Dus gaan we naar Monte Carlo.' Hij spreekt met blijde berusting.

Duco maakt van de gelegenheid gebruik en sleept zich met zijn grauwe, zieke lijf het dorp in, een aangeschoten dier, de kat in nood.

'Die lui zijn tot alles in staat,' zegt Barend meewarig, 'maar ik kan niet ingrijpen. Hij moet maar hopen dat de carabinieri hem niet pakken, want ze zijn hier niet zachtzinnig.'

Marieke kan het niet meer aanzien. 'Duco, Duco, hoeveel heb je nodig?' roept ze hem na.

'Ben je gek!' zegt Philip.

'Maar anders steelt hij het misschien?'

'Of nog erger,' zegt Barend en steekt zijn kaak vooruit.

'Denk jij ook?' zegt Philip opgewonden.

'Ik denk niets.' Doktoren spelen graag met hun beroepsgeheim.

'Waar zou hij dat spul eigenlijk vandaan hebben?' vraagt Marieke.

Philip zwijgt. Die vraag had hij zich ook gesteld.

10

Zware wolken verzamelen zich boven Innocento. Philip verlangt naar donder en bliksem. Hij loopt naar buiten, hopend op een zware stortbui. Maar zijn gebed wordt niet verhoord.

Het blijft droog.

Uit pure verveling loopt hij weer naar de bar. Hij ziet nog juist hoe carabinieri Duco in hun auto duwen. Philip kijkt een andere kant op. Het kan hem eigenlijk niet schelen. Nog even was hij 's middags op zoek naar Duco gegaan, maar hij had het gauw opgegeven. Toen was hij maar naar huis gegaan en hing hij weer tijdenlang in zijn hangnet. De kinderkaravaan kwam blij als vanouds voorbij. Maar Philip voelt zich als verlamd, hij is loom en paniekerig tegelijk.

De donder en de bliksem blijven uit. Gebrek aan zuurstof tast zijn hersenen aan. Hij is bang zijn evenwicht te verliezen. Hij registreert de arrestatie van Duco maar het speelt zich zo ver van zijn bevattingsvermogen af, dat hij alleen maar denkt: Ik hoop dat de ontknoping nabij is. Waar is Marieke nou?

Terwijl de kleine grijze overvalwagen de berg afsukkelt, draait de zwarte Opel van drs. Wessel juist het parkeerterrein op. De familie is blijkbaar de grens over geweest. Maar niet ver en niet naar zee. Ze deden hun boodschappen en beladen met zakken en dozen, stokbroden en een citroentaart lopen zij in ferme pas omhoog, naar huis. De kinderen elk met zo'n grote puntzak, het surprisepakket dat overal te krijgen is in Frankrijk en dat spannend blijft zolang je het niet openmaakt.

Trots lopen ze ermee achter vader en moeder aan.

Philip zegt: 'Zal ik even helpen met dragen?' maar vader Wessel, leraar geschiedenis en onderdirecteur van een scholengemeenschap in Den Haag, knikt vastberaden van nee.

Het is een man met gezag, zijn dochters spreken met twee woorden en zijn vrouw is van alle vreemde smetten vrij. Het feminisme is haar op aanraden van haar echtgenoot geheel voorbijgegaan. Het is een gelukkig gezin, vier keurige mensen – de zonderlingen van Innocento.

Philip stapt bij Adolfo de bar binnen. In een hoekje zit Leenderts zoon, Victor Varkenvisser, zomaar gewoon in shorts en een t-shirt.

'Zo Vic, ben je uitgetreden?'

'Nee, mijn kleren zijn in de was,' zegt de jonge Bhagwannoviet met de verlegen blauwe ogen.

Philip geeft Adolfo een hand, bestelt een fles Spuma en mompelt: 'Die Duco.'

Adolfo glimlacht beleefd, Vic schudt meewarig het hoofd.

'Adolfo, hoe is het gebeurd?' Philip krijgt geen antwoord.

Adolfo haalt de schouders op, en veegt met een vochtige lap over de bar.

Wat hij ook probeert: 'Hadden ze een arrestatiebevel?' 'Vingerafdrukken op het lijk?' 'Getuigen?' Adolfo's glimlach blaast alles weg.

'Waar werd hij gearresteerd?'

Eindelijk een minimale reactie. Adolfo's wijsvinger wijst naar beneden.

'Hier in de bar?'

Adolfo knikt.

'Heb jij hem aangegeven?'

Adolfo knikt nee.

'Wat dan?'

'Hij zei fascist, Mussolini tegen de douaneman.'

'En toen?' Adolfo gebaart, alsof Philip naar de bekende weg vraagt.

'Hij schreeuwde, ik, Duco, ben Il Duce en jullie zijn beesten. Hij wilde slaan en toen kwamen de carabinieri.'

'Is dat alles?'

Philip gaat tegenover Vic zitten en zegt: 'Adolfo, ik heb liever een glas wijn.'

'*Oui, oui.*'

Vic schuift een stoel bij en vraagt Adolfo er bij te komen zitten. Adolfo doet wat hem gevraagd wordt en een paar minuten zitten ze zwijgend elkaars glas te bekijken; als drie schipbreukelingen die het vege lijf gered hebben, maar hun maat verloren hebben. Vier leeftijdgenoten. Duco een jaartje ouder, Vic een jaartje jonger, maar in het vakantiealbum vind je ze steeds weer bij elkaar. Ook Adolfo. In die beginjaren was er nog Vrijheid, Gelijkheid en Broederschap. Maar toen het driewielertje werd afgedankt en ook Adolfo's ezel zijn aantrekkingskracht verloren had, scheen Adolfo de uit hout gesneden Pinocchio te moeten worden, voorbestemd tot een dienend bestaan in een kroeg van een uitgestorven dorp met de jaarlijkse sprinkhanenplaag uit Nederland.

Victor verbreekt de stilte: 'Duco was nog bij mijn vader. Hij nam hem mee om met hem te praten.'

'Gaf je vader hem soms stuff.'

'Oh nee, dat zal hij nooit doen.'

'Moet je dan eerst in het oranje lopen?'

'Nee, Bhagwan is faliekant tegen drugs. Drugs tasten het "ik" aan, je ziet hoe de samenleving degenereert. Het gaat om de beleving van jezelf.'

Adolfo tuurt voor zich uit en als een van de andere bezoekers van de bar zijn richting uitkijkt, veert hij op. '*Oui, oui.*'

Philip voelt zich opgelaten en roept quasi-opgewekt: 'Wie heeft er zin in een potje schaak?'

Adolfo lacht 'non, non,' maar haalt braaf het zware, vergeelde schaakbord met de plastic lichtgewicht stukken.

'Zal ik de mijne halen?' stelt Victor voor, maar Philip wil hem niet laten gaan. Het verhoor is nog niet afgelopen.

'Maar als jullie niet in drugs geloven, hoe komen jullie dan aan geld?'

'Bhagwan handelt niet, Bhagwan krijgt en wij krijgen van Bhagwan. Alles is van Bhagwan.'

'Ook de nieuwe marmeren tempel?'

'Ja.'

'Wordt Innocento soms het Poena van het Westen?'

'Bhagwan kent maar één bestemming: de mens zelf. Waar de mens op aarde verblijft, is op den duur van geen belang. Poena is het begin, de bron die de hele aarde zal bevloeien. Wie in Bhagwan is, is overal. En wie niet, is nergens.'

'Dus Bhagwan koopt Innocento op. En als wij niet willen?'

'Bhagwan is niet tegen de mens, hij is voor de mens. Bhagwan zal de mens bevrijden en terugleiden naar zichzelf.'

'Kom, laten we maar gaan spelen.'

Philip hoopt dat het spel opheldering geeft.

Hij houdt twee pionnen achter zijn rug en Victor kiest de rechterhand.

'Wit,' stelt Philip vast en gaat verzitten.

Victor opent met de dame-pion. Philip denkt niet lang na.

Hij beschikt over een gedegen openingsrepertoire. Maar na het snelle routinematige begin, volgt het lange peinzen. Victor lanceert een zware aanval op de koningsvleugel. Met moeite houdt Philip de defensie gesloten. Hij slaat de aanval af met een grootscheepse stukkenruil. De pionnenstelling die overblijft is echter toch in het voordeel van wit. Vic heeft een vrijpion die niet meer te stuiten is. Een paar zetten nog en Philip legt zijn koning neer.

'Gefeliciteerd,' gromt hij.

'Gefeliciteerd,' zeggen twee kinderstemmen. 'Heb je gewonnen?' vragen de meisjes Wessel. 'Wat leuk.'

Hand in hand komen de zusjes Marjolein en Suzanne naar binnen. Marjolein heeft een beursje geklemd in haar vrije hand. 'Pappa heeft gezegd dat we een ijsje mogen.'

'Lief, hè?' valt Suusje bij.

Zelfs Victor kijkt verbaasd naar de blonde kindertjes met de schone witte sokjes.

'We mogen kiezen,' maar bescheiden kiezen ze de middelmaat.

Ze komen bij het tafeltje van de grote jongens en kijken naar de gevallen koning op het zwart-witte slagveld.

'Ja, maar de volgende keer win ik, hoor,' zegt de gekwetste Philip.

'Willen jullie een likje?' vraagt Marjolein.

'Nee dank je, eet het zelf maar op,' zegt Victor.

'Wat zat er in de surprisezak?' vraagt Philip.

'Dat weten we nog niet. We mogen ze morgen pas openmaken na het ontbijt en vanavond moeten we vroeg naar bed. Pappa en mamma willen vanavond rustig praten. Ze hebben nog een boel te doen.'

De eerste regenspatten vallen op het stoffige plein. De meisjes rennen. Een felle bliksemschicht. Philip hoort het in Keulen donderen. 'Pappa en mamma hebben een boel te doen,' hoort hij als in een echo.

11

Het regent dat het giet. Philip beziet de wereld met een lodderoog. Traag kijkt hij op als zijn ouders, doorweekt en koud, de bar binnen vluchten. 'Lieve schat, ben je dronken, omdat wij zo laat kwamen? Wat verschrikkelijk. Lieverd, we hadden je ook niet alleen moeten laten. Paul, zullen we ook een glaasje nemen. We hebben het wel verdiend, hè. Lieverd we hebben wat voor je meegebracht.'

'Een puntzak?'

'Hoe kom je daar nou bij?' schatert moeder Mary.

'De kinderen Wessel kregen er ook een.'

'Zijn ze weer naar Sustère geweest? Wij zijn ook langs dat gat teruggekomen. Een leuk dorp hoor, je kunt er geweldig lunchen, uitstekende citroentaart, maar de weg terug door de bergen met die klieren van douanes, verschrikkelijk. Weet je dat ze de hele wagen hebben omgekeerd. We hadden meer dan een uur eerder terug kunnen zijn.'

'Zal ik je eens wat vertellen? Kinderen, dat is het geheim,' klinkt het vanaf de drempel. Hoofdredacteur Hofstra en Guusje komen binnen.

'Zijn jullie er ook? Gezellig. Guusje, jij zult wel blij zijn voor je plantjes?'

'Ze hebben het echt verdiend.' Guusje is op blote voeten en gehuld in een zware leger-cape, waarmee je ook een tentje kunt bouwen.

'Henk, een sigaar?' vraagt Paul en bestelt een fles huiswijn.

'Van pure verveling zit die douane je daar te sarren. Maar een kind in je wagen werkt bij die Italianen als een vrijgeleide. Op Schiphol is dat anders, daar graaien ze tot in de reiswiegjes.'

'Lieve schat, jij bent te oud,' zegt Mary en vleit zich naast haar zoon.

'We kunnen de volgende keer de kinderen van Wessel lenen.'

Philips hoofd begint te bonzen. Wessel, die kinderen, die puntzakjes! Morgen mogen ze pas open.

Hij staat op, moet zich vasthouden aan de tafel, vermant zich en stort zich in de donkere natte avond. 'Ik ga even een luchtje scheppen.'

'Je cadeautje! We hebben wat voor je meegebracht!'

Philip holt naar boven, zweeft op zijn losse benen en struikelt over een dikke pad die van de regen geniet. Philip valt languit in een plas, voelt zijn hoofd en maakt met zijn vuile handen zijn gezicht zwart, als een echte para aan het begin van de Operatie Puntzak. Het regenwater stroomt langs zijn benen het steile pad af en wist ogenblikkelijk alle sporen uit. Bij Hans en Mathilde brandt licht; Philip zou het liefst willen aankloppen, maar de plicht roept. Hij gaat zitten op een lege butafles en realiseert zich dat hij op zijn tellen moet passen. Dit is geen kinderwerk. Dit is misdaad. Tot in de finesses georganiseerd. Levensgevaarlijk. Ze deinzen voor niets terug. Of is het allemaal klinkklare onzin? Zijn denkvermogen hapert. Hij heeft geen greep op zijn gedachten.

Het liefste zou hij, desnoods in de goot, zijn roes willen uitslapen. Hij kan natuurlijk ook naar Jan-Willem Prachtig gaan en kijken of Marieke thuis is. Met haar zou hij kunnen overleggen, maar Philip beseft dat hij niet nuchter overkomt. Hij staat op, doet een paar lichaamsoefeningen en haalt diep adem. Hij aarzelt, gaat aftellen op de knopen van zijn doorweekte hemd, ja nee ja nee ja nee ja. Hij gaat. Bijna blindelings. Hij stoot zijn voeten. De kletterende regen verdoezelt zijn lawaaierig gestommel. Hij kan het huis aanraken, maar met geen mogelijkheid door de dikke muren kijken. Hij kan beter doorlopen naar het iets hoger gelegen huis van Hofstra die toch beneden in de bar zit. Op zijn tenen klimt hij omhoog, langs het trappetje naar Hofstra's terras. Liggend op zijn buik schuift hij naar het uiterste randje. Hij durft niet naar beneden te kijken, want één verkeerde beweging en hij stort meters de diepte in. Hij wil ook niet kijken of er wel een lichtje brandt dat zijn schaduw opvangt.

'Ik ben gek, ik ben dronken, ik speel met mijn leven.' Maar het is te laat. Hij kan niet meer terug. Hij schuifelt verder en ligt boven Wessels huis. Hij tilt zijn hoofd op en ziet mevrouw Wessel zakjes plakken, de surprisezakken. De adem wordt hem afgesneden. Hij wil gillen, maar kan niet. Hij legt het hoofd op de natte terrasrand en zijn lichaam begint te schudden en te schokken. Het lijkt wel of het uren duurt voor hij wat rustiger wordt, dan kruipt hij verder. Hij meent iets te horen. Een zwakke lantaarn schiet aan en uit. Hij ligt doodstil en ziet een vage schim die geleidelijk duidelijker wordt. Drs. Wessel verschuift een zware steen in de muur. Philip kan niet precies zien wat er gebeurt, maar even later drapeert de leraar de dikke wijnrank weer over de steen die ook overdag verborgen moet zijn. Het is te mooi om waar te zijn. Hoe had Philip dit in godsnaam aangevoeld? Het bloed stroomt weer door zijn aderen. Triomfantelijk krabbelt hij terug langs de gevaarlijke rand. Hij durft weer even naar beneden te kijken. Er brandt licht bij Marieke. Hij tuurt naar de lichtjes beneden in het dorp, terwijl hij langzaam overeind komt, zittend op zijn knieën. Hij richt zijn hoofd op en glijdt in een ijzeren greep om zijn nek.

'Eén woord en ik schiet je voor je raap.' Philip verstijft als een hert in de val. Hij kan zich niet bewegen. Het is onmogelijk. De ene hand blijft stevig om zijn nek gegroefd, de ander richt een revolver op zijn hoofd. Wessel beveelt en Philip reageert als een ledenpop. Hij kan niet denken, niet tegenstribbelen, niet weigeren, hij kan alleen doen wat Wessel hem beveelt. De revolver in zijn rug drijft hem willoos naar Wessels huis dat als een groot slagschip tegen de berg geslagen ligt, los van alle andere huizen, grotten en stallen. Wessel drijft hem de boogbrug op naar de bovenverdieping en sist nogmaals: 'Kophouden of je bent er geweest.'

Vlakbij klinkt een bulderend gelach.

12

Marieke schrikt wakker. Er wordt aan de deur geklopt. In het holst van de nacht. Zij trekt de duim uit haar mond, slaat een laken om haar blote lijf en zit als een verstijfd konijn in het grote bed, de ogen wijd open en klaar voor het genadeschot.

Jan-Willem beweegt zich niet. Hij slaapt door als een opgebaard lijk in haar nieuwe nachthemd van Fiorucci met als originele tekst op de borst: *I Rest In Peace*. Zijn oren zijn verzegeld met ohropax; negen uur slaap is een van de geheimen van de eeuwig jonge Jan-Willem, de meester van de milieuquiz, die zelfs in dit ongerepte Innocento de natuur niet aan kan. De elektrische muggenverdrijver houdt ook in de slaapkamer de natuur op een afstand.

Opnieuw wordt er geklopt, hard en aanhoudend, op de oude, rustieke deur van de antiquair in Monte Carlo.

Marieke fluistert hees, alsof zij zijn naam niet door de strot kan krijgen: 'Jan-Willem, word wakker.'

Maar de minnaar van vier weken gromt en draait zich om: 'Ik moet slapen.'

Marieke die niet roken mag, stopt haar duim weer in de mond, bijt het bloed weg van onder haar nagel, spert de ogen open en geeft Jan-Willem een harde trap.

'Klootzak, er is iemand aan de deur.'

'Laat maar kloppen. Ik geef 's nachts geen handtekeningen,' snauwt hij.

'Druiloor, doe iets!' Ze geeft hem een trap.

'Wat zeg je?'

Jan-Willem peutert een smeuïg dopje uit zijn rechteroor, dat hij als een exquis kauwgummetje op een schoteltje legt naast het doosje met de contactlenzen.

Hij hoort een nieuwe wanhopige roffel, maar zachter dan daarnet.

'Jan-Willem, doe wat, ga kijken, godverdomme ga kijken.'

'Zonder lenzen zie ik niets. Hoe laat is het?'

'Zet je fok dan op.'

'Wie is die godvergeten idioot? Hoe laat is het,' herhaalt hij en steekt zijn arm uit naar Marieke die op alle knopjes van het cijferhorloge drukt om de wijzerplaat te verlichten. Ze drukt de stopwatch in, de elektronische cijfers rennen over de wijzerplaat. 'Ik weet het niet, ik kan het niet.' Jan-Willem rukt zijn arm los en zegt: 'Vier uur twaalf.'

'Ik dacht dat je niets kon zien.'

'Waar zijn mijn sloffen?'

Marieke springt op, sleurt het laken met zich mee door de schemerdonkere kamer, verdwijnt door een nis en ontgrendelt de deur.

Jan-Willem roept haar na: 'Je bent een mooie bruid.'

'Zak.'

Jan-Willem pakt de contactlenzen, maar voor hij er een in zijn oog kan steken, komt Marieke terug met Paul Vervoort, op zoek naar zijn verloren zoon.

'Sorry jullie te storen, maar Philip is zoek.'

'Wat zoek? Niet thuisgekomen, bedoel je,' zegt Jan-Willem.

'Ja, ja, juist, maar Mary maakt zich erg ongerust. Ze vroeg me even bij jullie langs te gaan.'

'Waarom bij ons?'

'Mary dacht dat Philip misschien met Marieke... Sorry, ik begrijp dat het een onzinnige gedachte is. Maar Mary heeft geen rust,' zegt Paul onhandig en slikt met zijn adamsappel. Zijn onhandigheid maakt hem nog langer dan normaal.

'Paul, ben je soms high,' zegt Jan-Willem in zijn geleende nachthemd.

'Nee,' verontschuldigt Paul zich weer.

Marieke slaat het laken een slag verder om zich heen en komt tussenbeiden met: 'Ik begrijp het best hoor, Paul. Als Philip mijn kind was, zou ik ook heel ongerust zijn. Die moord bracht hem volledig van slag. Het is een heel gevoelige jongen.'

'Mens zeur niet, die moord is opgelost. Duco is gearresteerd en ik ga slapen.'

'Jij gaat niet slapen en die moord is niet opgelost,' zegt het Vrijheidsbeeld in haar lange laken.

Paul doet een stapje terug en glimlacht dankbaar en een beetje duizelig naar Marieke. Hij voelt een plotselinge verwantschap, en hij is trots op zijn zoon die kennelijk het licht eerder heeft gezien dan hijzelf.

'We verlummelen onze tijd,' zegt Marieke en schrijdt naar voren met de fakkel in de hand.

Paul komt weer bij zijn positieven. Marieke inspireert hem.

Hij ziet zich weer in die koude nacht op het gazon van de met sluiting bedreigde abortuskliniek, waar hij als staatssecretaris van Volksgezondheid na uren onderhandelen de vrede bracht en zijn leiderschap toonde. Als een komeet schoot hij die nacht vooruit in zijn politieke carrière. In Haagse kringen sprak men sindsdien bij bezettingen, gijzelingen en krakerijen van de Paul-factor oftewel: leiden zonder agressie. Waarom deze nacht dan niet?

De Paul-factor treedt in werking en hij zegt: 'Laten we even naar mijn huis gaan om de situatie in ogenschouw te nemen.' Hij kijkt naar Marieke en met de warme rust die geen tegenspraak kent vraagt hij: 'Jij wil zeker eerst iets aantrekken.' Jan-Willem laat hij lopen, Marieke schiet in een spijkerbroek en grijpt een t-shirt van een stoel.

De anders zo kordate Mary staart hulpeloos in de leegte. Ze zit te zitten met haar blote armen levenloos op tafel.

'Meid, wat verschrikkelijk toch' en ook Marieke krijgt het bijna te kwaad.

'Als er maar niets gebeurd is,' zegt Mary en Jan-Willem antwoordt: 'Ach, je zult zien, die heeft een leuk kind ontmoet en dan vergeet je de tijd, hè.'

'Jezus, Jan-Willem,' snauwt Marieke.

'Het lijkt godverdomme wel of je jaloers bent!' zegt Jan-Willem.

Paul legt een arm om Mariekes schouder. 'Als jij nu even bij Mary blijft, gaan Jan-Willem en ik verder zoeken. Jan-Willem kijkt rond in het dorp en rapporteert alles wat hem verdacht voorkomt. Hier heb je een lantaarn en Mary geeft je haar zilveren fluitje.'

'Je denkt toch niet dat ik verkracht word.'

'Soms haat ik jullie mannen,' sist Marieke en haalt met grote tegenzin het kettinkje met het zilveren minifluitje van Mary's hals. Mary had het in New York gekocht op de Biennale van feministische kunst. Gehoorzaam neemt Jan-Willem de fluit in ontvangst.

'Over een uur zijn we terug. Ik neem het bergpad, de rivier en het botenhuis,' zegt Paul.

'In het botenhuis...,' zegt Mary en begint heel hard te snikken.

'Lieve Mary, in een situatie als deze moet je realistisch zijn. Ik ga naar het botenhuis om te bewijzen dat alle angsten misplaatst zijn.'

'Je bent lief,' huilt Mary.

De zusters vallen elkaar in de armen.

13

De klokken luiden droef en alarmerend over het ontwakende dorp. De vogels, de krekels, de inboorlingen en het planterspaar, Hans en Mathilde, zijn vol leven, maar de jetset kampt met jetlag. De bio-vakantieklok is in de ochtend van slag en dat is te merken als de notabelen uit hun huizen en grotten tevoorschijn komen.

Paul heeft het dorp gemobiliseerd: de speurtocht heeft niets opgeleverd. De Hollanders hebben hun geloof weliswaar verloren, maar als honden van Pavlov gehoorzamen ze toch de klokken. De nood is aan de man, dus gaan ze naar de kerk. De kinderen gedragen zich natuurlijker dan hun ouders die wat gegeneerd de banken in schuiven naast de autochtonen die beter begrijpen wanneer je moet rebelleren. Voor de mannen is dat op zondag, voor de vrouwen nooit. Maar op de dagen van feest en rampspoed spelen de mannen van Innocento uit volle overgave mee. Zij zijn gekleed voor de arbeid op het veld, maar lijken op deze onheilsdag nog meer zwart te dragen dan anders. De vrouwen bidden de rozenkrans en de mannen frommelen aan hun pet, die zij anders alleen 's nachts afzetten. Ook de Hollandse mannen zijn op dit vroege uur ongeschoren. Het gezin Tammes is in pyjama en alleen de familie Wessel is gekleed alsof het belijdenis is. Vader draagt zelfs een das, moeder een hoed en de dochters kleine witte sokjes.

Als iedereen gezeten is in het oude kleine kerkje dat in decennia niet zo'n grote opkomst heeft meegemaakt, verschijnt Paul, lang, waardig en beheerst als een kerkvorst met twee vrouwen, Mary en Marieke. Hij loopt naar het altaar, waar anders de kleine dikke dorpspastoor op zondag zijn nummer afdraait. Ook Paul is geroerd door de spontane opkomst. Hij loopt naar de preekstoel.

'Vrienden,' zegt hij; en alsof er, zoals gewoonlijk op spreekbeurt in de provincie, iets fout is met de geluidsinstallatie, vraagt hij Erik, de beginnend wijnkoper uit een oud adellijk geslacht, om als tolk te fungeren. Eric is heel in de verte nog geparenteerd aan de koningin en spreekt even vloeiend Italiaans als zijn vriend Marcellino. In een hups hansopje verschijnt Eric naast Paul op de preekstoel.

'Geen gezicht,' mompelt Jan-Willem. 'Het lijkt de Muppet Show wel,' zegt Gloria die keurig in bikini is verschenen.

Tove huppelt alleen in een broekje rond. Eric is vrij klein van stuk, draagt een zware bril en hangt Paul aan de lippen. Geen woord, geen intonatie ontgaat hem. Noblesse Oblige.

'Beste vrienden,' herhaalt Paul Vervoort, 'Mary en ik zijn u bijzonder dankbaar dat u op deze vroege ochtend gekomen bent en aan onze oproep gevolg hebt gegeven. Ik hoop niemands gevoelens gekwetst te hebben, maar de kerk lag voor de hand en ik meen dat wij vanochtend, al zijn wij doorgaans andersdenkend, gelijk zijn gestemd.'

Er gaat zacht instemmend gebrom op in beide talen. Mary en Marieke zitten op de bovenste tree van het altaar hun tranen weg te slikken en Jan-Willem houdt de kindertjes zoet met het uitdelen van lires om kaarsen op te steken bij de Heilige Maagd. Dirk-Dries en Tove vechten om de laatste kaars.

'Dirk-Dries, als je lastig bent ga je er uit en kom je er niet meer in,' klinkt een moederstem en Guusje wil heel goeiig het herrieschoppertje mee naar buiten nemen, maar de moeder van Adolfo zegt: 'Nu komen ze nog, maar als ze zo oud zijn als hij,' en ze wijst naar haar zoon, 'dan komen ze alleen nog maar in de kerk om begraven te worden.'

Adolfo glimlacht zijn eeuwige glimlach, vrouwen knikken '*si si*' en een oude man zegt boos '*basta*'.

Guusje laat Dirk-Dries begaan en krijgt visioenen van Philip die even oud is als Adolfo.

Paul, de geboren spreker, laat zich ondertussen niet afleiden. Hij straalt rust en liefde uit. Toneelkunstenares Eva moet zich bedwingen om geen open doekjes te geven en mompelt iets van 'Wat een talent, wat een talent'.

Paul vervolgt: 'Toch zijn wij ernstig verontrust. Er zijn hier in dit anders zo vredige Innocento de laatste tijd vreemde dingen gebeurd.'

'*Hear, hear,*' galmen Hans en Mathilde enthousiast.

'En het is voor onze zoon niets om zomaar zonder ons te waarschuwen, een nacht weg te blijven.'

'Maar goede Paul, eens moet het toch de eerste keer zijn. Jij bent toch ook jong geweest,' interrumpeert hoofdredacteur Hofstra.

'Inderdaad, zoals je zegt en dit is vannacht ook al door Jan-Willem opgemerkt, maar zo eenvoudig ligt de zaak niet. Philip werd gegrepen door de moord in het botenhuis. Hij was er de laatste dagen permanent mee bezig. Hij heeft zich allerlei dingen in het hoofd gehaald en is herhaaldelijk op onderzoek uitgegaan, zodat Jan-Willem en ik vannacht nog voor het ochtendgloren al zijn gaan zoeken.'

'En in het donker vind je niets,' stelt Henk Hofstra vast.

'Wij hebben gisterenmiddag nog zitten schaken, maar hij was wel goed lam,' zegt Varkenvisser Junior, maar vader Bhagwan doet alsof hij mediteert.

'Natuurlijk zijn wij van plan vanochtend nog de politie in te schakelen,' zegt Paul, 'maar voordat wij dat doen, willen wij ons er nog een keer van vergewissen dat Philip toch niet ergens in het dorp verblijft. Niemand zal het immers plezierig vinden als de carabinieri ten tweede male in één week heel Innocento overhoop komen halen. Onze vriend Jan-Willem en ik konden natuurlijk vannacht niet alle huizen, grotten, bergplaatsen en hokken inspecteren. Het zou de rust verstoord hebben. Daarom zouden wij u allemaal willen vragen zo goed te willen zijn om uw woning eerst van onder tot boven grondig te willen doorzoeken en dan, hetzij alleen, hetzij met uw buren de volgende huizen, struiken en ruïnes te willen onderzoeken; ik zou willen voorstellen dat u steeds grotere cirkels rond uw huis trekt. Vanochtend vroeg heb ik de militaire kaart van het dorp en omgeving – en de meesten van u hebben deze gedetailleerde kaart enkele jaren geleden aangeschaft – bestudeerd. Toen viel het me op dat ons dorp eigenlijk een concentratie van cirkels is, men zou bijna zeggen, spiraal werkende kolken en mijn voorstel is om aan de hand van de stafkaart te werk te gaan en, tegen de klok in, te opereren. Wellicht kunt u met een potloodstreepje het gebied dat u bestreken heeft op de kaart aangeven.'

Daar heeft niemand van terug. Een vader die zo grondig en overwogen zijn zoon zoekt, mag je met gemierenneuk niet lastig vallen.

Nerveus blaast Mary op haar fluitje en ze schrikt alsof zij een wind laat.

'Mijnheer de voorzitter,' interpelleert Henk Hofstra, 'mogen mijn vrouw en ik de grootste ijstaart in het dorp uitloven aan het kind dat onze geliefde Philip weer heelhuids bij ons terugbrengt.'

'Dit is geen werk voor kinderen,' roept de vrouw van dokter Bruyt.

Heel even lijkt het of Paul zijn waardigheid verliest en verandert in vader Prikkebeen, lang, mager en met armen als een vlindernet, maar hij houdt het heft in handen. Hij spreekt over begrip, inspraak en zelfs stemmen; om ten slotte persoonlijk te beslissen dat kinderen welkom zijn. Het grote democratiseringsproces biedt de ware leider geen probleem.

Hij geeft het woord aan de oude Pietro, die moeizaam is gaan staan op zijn stijve benen. 'Wij zijn veel gewend en wij hebben totnutoe de komst van de Nederlanders verwelkomd. U bent goed voor ons geweest, maar dit jaar zijn er dingen gebeurd die wij niet plezierig vinden.'

Pietro wijst met de vinger naar Leendert Varkenvisser. 'Wat spoken jullie 's avonds toch uit in dat nieuwe huis? En waarom dwalen jullie in het pikkedonker met zijn allen in de buurt van het kerkhof en zingen jullie vreemde liederen, als iedereen slaapt?'

Pietro windt zich op: 'Jullie verstoren de rust van onze doden. Jullie ontheiligen de sfeer. Jullie roepen boze krachten op. Jullie hebben de duivel naar ons dorp gehaald. Geen wonder dat er ongelukken gebeuren.'

Leendert kijkt wezenloos voor zich uit, maar zijn nieuwe vrouw springt voor hem in de bres. Zij kijkt Pietro met vlammende ogen aan en sist over haar schouder naar de preekstoel: 'En Eric: vertaal dit letterlijk.'

'Natuurlijk, schat.'

'Wij allen zijn in deze wereld vrij om onszelf te hervinden. Wij doen dat op onze manier. Wij vallen niemand lastig. Wij zoeken onze rust, onze zielenrust.'

Van alle kanten klinken boze stemmen. Pietro heeft de gevoelige snaar geraakt en het antwoord van de hovaardige vrouw smeekt om vergelding. Gods gramschap daalt over haar neer.

Er wordt geroepen en geschreeuwd: 'Jullie hebben het op je geweten,' 'Was liever met je fikken van Leendert afgebleven, feeks dat je bent,' 'Jullie zetten de Italianen tegen ons op,' 'Jullie maken onze kinderen bang,' 'Waarom gaan jullie niet weg, ga naar India, honger lijden.'

'Vrienden,' roept Paul, 'we zijn in een kerk. Dit is een gewijde plaats. Wij mogen geen misbruik van de gastvrijheid maken. Zo vinden we Philip trouwens helemaal niet.'

'Laten we naar dat huis van Varkenvisser toe gaan om daar eerst maar eens te zoeken,' roept de kleine Gloria opgewonden.

'Kind, kind, hier wordt niemand ontvoerd, het is de Rode Brigade niet,' betuttelt haar moeder.

'Nee,' roept Hofstra, 'geen Rode Brigade, Oranje is erg genoeg.'

'Republikein, houd het koningshuis erbuiten,' roept Eric verschrikt.

'Dames en heren,' zegt Paul met verrassende strengheid: 'De afspraak is dat wij eerst zelf ons eigen huis doorzoeken.'

'Akkoord,' zegt dr. Bruyt, 'maar dan gaan wij, zoals je zelf zei, anti-kloksgewijs de ronde doen en dat betekent dat die tempel geen vrijplaats is.'

Leendert Varkenvisser staat op en kijkt, strijkend over zijn baard, alle aanwezigen één voor één aan. 'U bent welkom, dokter,' zegt hij. Het hele oranjeteam verlaat de bank. Leendert is zo verbouwereerd dat hij zoals vroeger eerbiedig knielt en dit pas merkt als hij zijn hand in het wijwatervat stopt. Hij reageert alsof hij zijn hand in het vuur steekt. Dat maakt de Italianen echt bang. Woedend roept Leendert: 'Christus wordt weer gekruisigd' en met starre ogen verlaat hij de kerk. De dorpelingen slaan een kruis. Hij is van de duivel bezeten.

14

Bedrukt en bezorgd verlaten Paul en Jan-Willem het Bhagwanpand. Onverrichterzake. Van Philip geen spoor. Paul blijft ineens, als in een impuls staan, links buigen twee enorme zonnebloemen zich over hem heen en pal voor hem verspert de oleander van Guusje het pad. Flauwtjes mompelt hij: 'Geen commentaar.'

Jan-Willem vraagt slim en een beetje hatelijk: 'Verwacht je de pers?'

'Ik bereid me op het ergste voor.'

'Soms is het niet leuk om beroemd te zijn, vind je ook niet?'

'Het is een probleem, zeker als het om idealen gaat.'

'Maar ja,' zegt Jan-Willem, 'als je het zoals wij van de media moet hebben, moet je wel. *That's what show business is about.* Jij hebt stemmen nodig en ik kijkdichtheid, maar de kijkers begrijpen niet wat voor mentale inspanning het vereist.'

Paul heeft eigenlijk geen zin in dit gepraat. De hele nacht is hij in touw geweest. Even zou hij zijn hoofd te rusten willen leggen. De stoepjes, de trapjes en opstapjes, ze zijn allemaal even verleidelijk. En naast de deur van Wessel staat zelfs een rood opblaasbed tegen de muur. Maar Paul wil niet zwak zijn. Het leven van zijn zoon staat op het spel; dat is de inzet van deze generale repetitie in Innocento.

Maar stel je voor dat Philip vannacht wel is wezen stappen; naar de disco en daarna slapen op het strand. Paul wil er niet aan denken. Jan-Willem gaat de leider achterna die in de richting van het plein loopt. Marieke is er ook.

'Niets,' verzucht Marieke, 'helemaal niets.'

'Nee, ik ook, helemaal niets,' herhaalt Paul. Hij draait zijn hoofd naar Jan-Willem en zegt weer: 'Nee, helemaal niets, dat kan zo niet blijven.'

Hij laat Marieke los en loopt met haar naar het tafeltje dat zij midden op het stoffige plein heeft neergezet compleet met parasol. Op de tafel ligt de militaire kaart uitgespreid, met vlaggetjes, de prikkertjes met de rood-wit-blauwe vlag die je bij een kilo kaas cadeau krijgt: 'Wereldberoemde kaas uit Nederland.'

'Ik had ze nog,' zegt Marieke met bescheiden trots, 'maar de kaas is op.'

'Niet erg. Ik heb geen honger.'

Paul buigt zich over de kaart. De prikkertjes staan in de Hollandse huizen. Ze beheersen het hele dorp plus de uitvalspaden de bergen in.

'Goed werk, Marieke.'

'Ik zette ze neer als iemand kwam zeggen niets vreemds te hebben waargenomen.'

'En die olijven?'

'Dat zijn de Italianen.'

'Ook niets gevonden?'

'Nee. Adolfo is zelfs naar de klokkentoren geklommen.'

'Dank je, Marieke.'

Hij bestudeert de stafkaart nog eens goed en zegt: 'Geen vlag op ons huis, hè.'

'Nee, nou ja. Mary wilde wat rusten.'

'Ik vrees dat ik nu de carabinieri moet waarschuwen.'

'Dan ga ik mee, Paul.'

'Zou je dat wel doen? Wil je niet bij Mary blijven?'

'Dat heb ik vannacht gedaan, toen jullie gingen zoeken. Nu is het Jan-Willems beurt.'

Jan-Willem is zich bewust van zijn dienende rol. Hij trekt een zuinig mondje. 'Geen enkel bezwaar, ik zal het Mary graag uitleggen.'

'Wat uitleggen?' vraagt Paul.

'Dat je liever met Marieke naar de politie ging.'

'Oh, Jan-Willem gaat weer zuigen, Paul. Het verwende kind

moet weer moeilijk doen. Gewoon niets van aantrekken. Gaat weer over. Ga even lekker slapen of je grijze haren uittrekken.'

'Vechten jullie het maar uit. Het lijkt verdomme wel een fractievergadering. Het gaat om Philip, mijn zoon.'

'Niet vergeten, gouverneur-generaal. Ik ga naar Mary.'

De heren gaan uiteen; Jan-Willem trapje op, Paul trapje af, naar het parkeerterrein. Hij wordt gevolgd door Marieke.

'Trek je er maar niets van aan,' zegt zij. 'Hij voelt het niet. Andermans lijden doet hem niets. Maar Philip brengt jou en mij bij elkaar.' Marieke grijpt Pauls hand; precies op dezelfde plaats en dezelfde tijd waarop zij gisteren riep: 'Philip, Philip, help, help, er zit een man in de auto, een doodzieke man.' Dat was Duco, die later werd gearresteerd. Marieke begint te trillen, ze knijpt in Pauls hand, drukt zich tegen hem aan en stelt voor om met haar auto te gaan: 'Ik zal voorzichtig rijden.'

'Hoeft niet meer. Wij gaan niet naar de politie, want de politie komt naar ons. Kijk! Daar!'

Vier gepantserde politiewagens draaien van de Via Nazionale af, duiken de vallei in, verdwijnen achter de olijfbomen, schieten de brug over, scheuren de berg op, nu eens zichtbaar en dan weer niet, en boren zich als de niets ontziende kruisraketten op hun doel af. 'De ME. Weg ermee,' zegt Marieke.

'Kom nou, je bent niet in Amsterdam.'

'Politie is overal hetzelfde.'

'Voor mij niet. Het gaat om mijn zoon.'

'Het is anders wel een invasie.'

Ze deinzen achteruit. Uit iedere wagen springen zes carabinieri, gehelmd en gewapend met machinepistolen. Boven hun hoofden verschijnt een helikopter, die zijn schaduw over de bomen en het kleine kapelletje werpt. Hij scheert voorbij en zoekt, als een grote roofvogel zijn prooi. Als Paul en Marieke weer naar elkaar kijken, glijdt er geruisloos een jeep voorbij met vier agenten; twee op de bumper met de mitrailleurs in de aanslag. De jeep neemt stelling achter de pantserwagens. De agenten richten hun mitrailleurs de lucht in en schieten hun magazijnen leeg. Dat is het sein voor de anderen om het dorp in te stormen, langs de muren in de richting van Bhagwan en het kerkhof. Paul en Marieke zijn perplex.

'Wat krijgen we nou in godsnaam?' mompelt Paul.

'Kom mee,' zegt Marieke, 'ga vertellen wie je bent.' Ze sleurt Paul mee. Italianen rennen hun huizen in, schreeuwen 'mamma mia' en verbergen zich achter kasten en onder tafels. Kippen vliegen op, honden blaffen, de ezel balkt en kinderen huilen.

Verder dan het huis van Hans en Mathilde komen ze niet.

Agenten versperren hun de weg. Paul kan nog net zien dat agenten de Bhagwan-tempel binnengaan. Overal, op daken en terrassen, verschijnen sluipschutters. Alle huizen met de rood-wit-blauwe vlag zijn bezet. De olijven liepen ze voorbij. Er wordt geschoten. De helikopter werpt een rookbom af. Uit een megafoon klinkt: *'Pronto, pronto. La Polizia qui. Dottore Wessel. Dottore Wessel.* Uw huis is omsingeld. Wij geven u drie minuten om u over te geven. Verzet is zinloos. Dottore Wessel. Nog drie minuten!' en er wordt opnieuw in de lucht geschoten.

Paul is totaal in verwarring. 'Wessel, waarom Wessel?' roept hij. 'Is Philip... heeft Philip...'

Een carabiniere duwt hem opzij. 'Kom hier,' roepen Hans en Mathilde die in de deuropening staan met sigaret en whisky in de hand.

'Nee, ik moet naar huis. Naar Mary. Die zal in paniek zijn.'

'Take care. Loop rustig en maak geen onverwachte bewegingen. Een schot is snel gelost. We kennen dat.'

Paul zeult Marieke mee, terug naar het Piazza del Populo. Het is volledig verlaten. De tafel is omgegooid, de stafkaart verdwenen. Drie vlaggetjes liggen in het stof.

Langs de Via Madonna probeert Paul thuis te komen. Agenten laten hem hier door. Gebukt alsof ieder ogenblik de kogels hen om de oren kunnen vliegen, schieten ze het trappetje op en vinden Jan-Willem en Mary tegen elkaar gedrukt, plat op de grond. Op het terras zit een agent. Hij trekt een zorgelijk gezicht. Er wordt niet meer geschoten en even is het weer stil. En dan klinkt opnieuw de stem door de megafoon: '*Dottore Wessel, la Polizia. Pronto.* Nog één minuut. Verzet is zinloos.'

Paul kruipt het terras op, de agent knipoogt en wijst hem een veilig plekje.

Er gebeurt iets op het terras van Wessel. Paul kan het niet zien, want zijn huis ligt lager, maar dan ziet hij langzaam een gestalte tevoorschijn komen. Geblinddoekt, de handen op de rug gebonden. Een krant in de mond gepropt. Wankelend op zijn benen, wordt de figuur vooruitgeschoven naar de rand van het dak.

'Philip,' brult Paul, 'godverdomme, het is Philip. Nee, nee, niet doen.'

Paul springt op en begint woest met armen en benen te zwaaien, om de aandacht van de scherpschutters op de omliggende terrassen te trekken.

'Stop,' brult hij, '*Basta, basta Philip, figlio mio,* niet schieten, nee.'

De agent naast hem sist: '*Silenzio.*'

15

Er gebeurt niets en Marieke valt flauw. Het zien van de geblinddoekte vogelverschrikker aan de rand van de afgrond werd haar te machtig. Ze zijgt ineen, de agent sleurt haar naar binnen en legt haar op de grote hoop naast Mary en Jan-Willem die niet durven reageren.

Als de agent terugkeert op zijn post, ziet hij hoe Philip achteruit schuifelt en plotseling een deur wordt binnengetrokken. Het dakterras is weer leeg, de helikopter verdwijnt. Er wordt niet geschoten. Het huis wordt niet bestormd.

Paul rent weg en begint opnieuw te schreeuwen als een dorpsidioot, maar ook daar wordt geen aandacht aan besteed in Italië, hoogstens om gelachen. Terug op het plein haalt Paul zijn zakdoek tevoorschijn en wapperend gaat hij langs het andere pad weer naar boven op zoek naar de stem van de megafoon die ook is verstild. Het is een blauwe zakdoek en geen witte, maar de carabinieri begrijpen wat hij bedoelt. Vlakbij het huis van Hans en Mathilde wordt hij ingerekend. Hij blijft schreeuwen: '*Figlio mio, mio figlio,* ikke Paul Vervoort, *dottore politico importante, famoso.*'

De commandant zelf komt kijken naar het vreemde misbaar. Hij slaat met de vinger tegen de pet in waardig saluut: 'Zit úw zoon op dak?'

'Ja commandant.'

'Capitano, capitano Negri.'

'Aangenaam.'

Paul sluit even de ogen, knarst met de tanden en vermant zich. Nu komt het erop aan het hoofd koel te houden. Hij zal opnieuw beginnen. Philips leven hangt aan een zijden draadje.

Dat draadje mag niet knappen. Evenmin de draadjes in zijn eigen hersenpan.

De kapitein verzoekt Paul mee te gaan naar Hans en Mathilde. Zij hebben hun huis afgestaan, of wellicht is het gevorderd om dienst te doen als tijdelijk hoofdkwartier. Het planterspaar zet koffie en biedt sigaretten aan alsof zij een lang beleg verwachten. 'Eigen teelt, Rhodesische tabak,' zegt Hans trots.

'En daar heeft u geen accijns op betaald,' stelt de kapitein vragend vast. Zeer ad rem, denkt Paul.

De inspecteur steekt een sigaret op, trekt een vies gezicht en vraagt: 'Hoe komt uw zoon op dat dak?'

Paul haalt de schouders op: hoe komt hij eraf.

Schuchter vertelt Paul dat zijn zoon pas sinds gisterenavond weg is, dat hij niet te veel ruchtbaarheid aan de zaak had willen geven en de politie expres nog niet had gewaarschuwd.

'Omdat, nou ja, jongens van die leeftijd, en op vakantie, wel eens een nachtje wegblijven; heel onschuldig waar je je als vader niet ongerust over hoeft te maken.'

'Van die nuchtere Hollanders kunnen wij Italianen nog heel wat leren. Niet voor niets staat de gulden sterk.'

Paul beseft de juiste toon te hebben aangeslagen. Hij prijst de onderkoelde aanpak van de Italiaanse politie.

'Ik zie dat u ook niet overhaast ingrijpt, al zijn de drie minuten verlopen.'

De inspecteur ruikt kritiek.

'Dottore Wessel zit in de val. Hij kan niet meer weg.'

'Maar Philip moet vrij. Hem mag niets gebeuren.'

'Dat is van latere zorg. Wessel is de prioriteit.'

'Hier begrijp ik niets van. Philips leven staat op het spel.'

De kapitein lacht schamper: 'Dottore Wessel is een gevaarlijk misdadiger.'

'Die keurige man. Als enige had hij in de kerk een das om.'

Paul is te verbouwereerd om iets anders te zeggen. Hij hoort niets, ziet niets en staart naar de kapitein in het glitter uniform. Die schijnt zeker van zijn zaak te zijn. Hij vraagt zelfs om een tweede 'illegale' sigaret, die hij in een zilveren pijpje stopt en met iets minder grimassen aansteekt. Hij kucht niet. Hij straalt. Hij geniet.

Ofschoon het tegen de regels is slaat hij een glaasje whisky niet af.

'Ik moet toch weten hoe die Nederlanders hun eigen whisky stoken,' zegt hij.

Paul zit stil en onbewegelijk; niet meer dan 30 meter en een paar dikke muren verwijderd van zijn zoon. Maar kapitein Negri is afgeleid en maakt grapjes: 'Als de maffia uw tabakstuin ontdekt, zullen ze protectiegeld vragen. Er wordt wel gezegd dat de Italiaanse politie ook een maffia is, maar wij vragen hoogstens een bijdrage voor het politiefonds. Maar wij zijn dan ook in staat om de Nederlandse maffia op te rollen. Dottore Wessel is een van de leiders. Dat huis is een belangrijke heroïneopslagplaats.'

Hij zwijgt, tot Paul zegt: 'Hoe weet u dat? Ik bedoel, hoe bent u daar achter gekomen?'

'Gewoon degelijk onderzoek.'

'Maar Philip, wat gaat er met hem gebeuren? Wat heeft hij er mee te maken?'

'Niets, hij is een doodgewone gijzelaar. Kent u Duco, of is dat een Nederlander die u niet wilt kennen?'

'Jazeker, ik ken hem.'

'Duco is een junkie. We hadden hem in de gaten. En op het juiste moment hebben we hem even mee genomen voor een babbeltje en ziehier het resultaat. Wessel is zijn leverancier.'

'Wat verdomde aardig van die Duco.'

De kapitein reageert niet, glundert wat en zegt: 'U begrijpt, we hebben die Wessel liever levend dan dood.'

'En Philip dan? U wilt toch wel proberen mijn zoon vrij te krijgen?'

Streng antwoordt de kapitein: 'Wij zullen doen wat in ons vermogen ligt, maar met misdadigers wordt niet onderhandeld. Al zouden zij de paus gijzelen. U weet wat met Aldo Moro is gebeurd. Hij was president van de DC.'

'Zoiets moet ik nog worden,' mompelt Paul voor zich uit.

Mathilde legt haar bevende hand op Pauls schouder.

Paul wil niet de indruk wekken dat hij het over zichzelf heeft.

'Het gaat om het principe. Ik vind dat het uiterste moet worden gedaan om zonder geweld een oplossing te zoeken. Je gooit geen onschuldige mensen voor de leeuwen, kapitein Nero.'

'Negri is de naam. Een zachte aanpak maakt het alleen maar erger. Je spaart één slachtoffer ten koste van tien de volgende dag. U hoeft ons Italianen niets over gijzelingen en ontvoeringen te vertellen. Italië houdt het absolute wereldrecord.'

'Het Europese, kapitein,' Hans kan het weten. Velen van zijn vroegere plantersvrienden zijn naar Latijns-Amerika getrokken. Ze schrijven hem nog weleens een brief.

Paul laat het niet op zich zitten. Hij voelt zich meer beledigd dan bedreigd.

Mijn regering heeft met die softly-softly aanpak anders zeer goede ervaringen opgedaan. Misschien herinnert u zich hoe Molukkers een trein hebben gekaapt.'

'Natuurlijk, fantastisch zoals ze die trein met die straaljagers aan flarden hebben geschoten. Wat een voorbeeldig stukje heldendom, ik heb die opnamen wel vijf keer bekeken. Een echte oorlogsfilm. Zo zou ik er wel iedere week een willen zien.'

'Helaas moest ten slotte met geweld worden ingegrepen, maar pas na dagen van onderhandelingen.'

'Onzin, allemaal verloren tijd en geldverspilling,' grauwt Negri.

'Integendeel, er was tijd gewonnen voor het bedenken van een actieplan; en door wekenlang te praten was de weerstand van de terroristen bijna gebroken.'

'Bijna,' lacht de inspecteur schamper, 'bijna is helemaal niet.'

Hans en Mathilde merken dat er buiten iets gaande is. Agenten grijpen weer naar de wapens. Ze staren naar het dak waar eerder Philip was verschenen.

'Laat me eruit,' roept Paul, 'mijn zoon, ik wil hem terug.' Hij loopt naar de deur en botst tegen een agent op die roept: 'Capitano, er staat een kind op het terras.'

Paul en Negri rennen naar buiten. Op het dak staat een kind te beven. Susanne, het kleine dochtertje van Wessel. Ze zwaait met een enveloppe.

'Mama Mia,' roept de inspecteur geroerd. Zijn eigen dochter is even oud. Hij werpt zijn armen in de lucht, houdt de handen voor zijn ogen en sist tegen Paul: 'Dit onschuldige leven moeten we redden. Dit onschuldige kinderleven.'

De tranen schieten kapitein Negri in de ogen: 'Kijk toch eens, zo'n weerloos bruidje van de Heilige Maagd.'

Kapitein Negri haalt diep adem en gaat hoogstpersoonlijk, met gevaar voor eigen leven de stenen trap op, die langs de muur naar het terras loopt. Halverwege laat het meisje de enveloppe vallen. De kapitein grijpt mis en de brief valt in de oleander. Met lege handen keert hij terug. Agenten schudden net zo lang aan de oleander tot de enveloppe op de grond valt. Ze worden bedekt met de kleine roze bloemetjes, dat geeft die stoere mannen iets heel liefs.

'Wat een schatjes,' klinkt het plotseling in vloeiend Italiaans.

Het is Eric die zich spontaan aanbiedt, als tolk. Hij hangt uit een raam, wuift naar de agenten in roze camouflagepak en roept: 'Wat spannend, hè. Zoiets maak je in Amsterdam toch echt niet mee.'

'Nee, nooit ofte nimmer,' briest Negri, 'er wordt niet onderhandeld.'

Paul grist de brief uit zijn handen. *'Als ik niet voor middernacht per helikopter naar het vliegveld van Nice word gebracht alwaar een vliegtuig gereed staat om mij naar een door mij ter plaatse te bepalen bestemming te vliegen, zal de gijzelaar Philip Vervoort onherroepelijk ter dood worden gebracht,'* leest Paul.

'Mijn God, dat mag niet gebeuren.'

'Zoals u zegt, het zal niet gebeuren. Er wordt niet onderhandeld. Gelukkig wordt het meisje niet bedreigd.'

Hulpeloos vraagt Paul zich af of de kloof van onbegrip wel ooit te overbruggen valt. Twee Europese landen... Hij kijkt naar Eric en zegt: 'Eric, je moet toch maar komen.'

'Als tolk?'

'Wat dacht je dan?'

Paul wil het niet graag, maar hij gelooft dat het toch maar beter is zoveel mogelijk gewicht in de schaal te werpen en zich officieel te legitimeren.

Kapitein Negri geeft geen krimp. De identiteit van Paul Vervoort kan geen grote verrassing voor hem zijn: carabinieri zijn tenslotte geen dorpsagenten.

Paul neemt het initiatief: 'Het gaat om het welzijn van een Nederlands staatsburger. De zaak kan niet door ons worden afgedaan. Onze wederzijdse regeringen zullen geraadpleegd moeten worden. Fouten bij de afhandeling van deze affaire kunnen de relaties tussen onze beide landen ernstig schaden. U bent zelf ook niet gebaat bij een diplomatiek conflict.'

De toespeling op de carrière van kapitein Negri is nogal schaamteloos, maar het mist zijn uitwerking niet. Kapitein Negri kijkt Paul indringend aan. Zijn ogen glinsteren: Ik ben geen politicus, dottore Paolo. Op uw verantwoording. Ik zal contact opnemen met Rome. Ik neem aan dat u met Nederland wilt bellen?'

'Uitstekend, capitano. Binnen een uur zal ik u mijn actieplan voorleggen.'

16

Kapitein Negri heeft de ontruiming van het dorp gelast. De blauwe bus van het streekvervoer is gevorderd en staat voor het eerst op het plein. Totnutoe had de provincie geweigerd het oude dorp aan te doen. Vrouwen en kinderen gaan eerst, voorzover ze niet met vader in de auto gaan. Daarna volgen de ouden van dagen, uitsluitend Italianen. Paul en Jan-Willem ondersteunen Mary die als laatste op de voorbank plaatsneemt.

Kapitein Negri vertelt dat niemand iets te vrezen heeft, dat het dorp voorlopig niet wordt opgeblazen en dat op het politiebureau in de stad verdere mededelingen zullen worden verstrekt.

Adolfo moet in de bar blijven om de agenten wijn, espresso en tosti's te leveren.

Via de megafoon laat Negri Wessel weten dat zijn verzoek in Rome wordt bestudeerd en dat als teken van goede wil een gebraden konijn, kaas en brood zal worden aangereikt. Wessel laat weten geen huisdieren te eten. Dan maar niets, beslist de kapitein beledigd.

Dr. Bruyt vergezelt de evacués, omdat in het dorp de eerste uren nog wel geen bloed zal stromen en ambulancewagens zijn al onderweg. Ook Eric wordt tegenstribbelend door de kapitein zelf in de bus gezet.

Met een zucht van verlichting ziet Paul de bus verdwijnen. Hij is alleen met Marieke en de kapitein.

Ze gaan naar Pauls huis en als Marieke in de keuken verdwijnt legt Paul zijn plan op tafel. De kapitein toont weinig belangstelling. Hij kijkt Marieke na en zegt bewonderend: 'Ik wist niet dat ook Nederlandse mannen zo goed voor hun vrouwen waren.'

'Het is mijn vrouw niet.'

'Natuurlijk niet, maar een man die zijn vrouw liefheeft spaart haar.'

'Oh,' zegt Paul, 'denken jullie er zo over.'

'Een maîtresse is trouwens het enige bewijs van een goed huwelijk,' zegt de kapitein.

Paul glimlacht gerustgesteld: de kapitein is tenminste niet versjteerd.

De twee mannen zitten tegenover elkaar aan het kleine tafeltje waar Philip zijn vader zo vaak schaakmat heeft gezet. Paul wil de kapitein niet verslaan, hij wil zijn medewerking en hij besluit te spelen op zijn ijdelheid. Paul zegt dat het '*fantastico*' zal zijn als zij samen zonder bloed vergieten de zaak kunnen hebben opgelost voordat de grote baas uit Rome op het toneel verschijnt.

Daar is Negri het volledig mee eens. Maar voordat Paul opnieuw zijn plan te berde kan brengen, roept de kapitein uit: 'Dottore Paolo, hebben wij de Voorzienigheid aan onze zijde?'

'God mag het weten,' verzucht Paul. Hij troost zich met de gedachte dat ook in Nederland niet zonder de volgelingen van de Heer te regeren valt. 'Maar laten we toch proberen redelijk te zijn, kapitein.'

Heel voorzichtig ontvouwt Paul zijn plan: bedwelming, slaapgas.

De kapitein reageert niet, wat Paul in hoge mate verbaast. Is hij koppig en misschien toch niet geïnteresseerd in het leven van Philip of wil hij eerst de waterdichte bewijzen dat Wessel in slaap kan worden gebracht?

Paul legt uit dat het gas geen enkel probleem oplevert. Het is overal in de Nato-landen opgeslagen, sinds de progressieve krachten bezwaren gingen maken over het opslaan van kernwapens. Het Nederlandse aardgas bleek ideaal voor het maken van humanitair bedwelmingsgas, zoals Paul zijn ministerie van

Volksgezondheid had weten te overtuigen. Eindelijk kon Paul zijn slaapgas toetsen.

'Als u garandeert dat het bedwelmingsgas afdoende is en het ook inderdaad beschikbaar is, dan krijgt u mijn medewerking, maar er blijft een probleem. Innocento is geen Milaan, geen Rome.'

'Hoe bedoelt u?' zegt Paul geschrokken. Plotseling krijgt hij het bange gevoel dat de kapitein tóch niets van zijn plan wil weten.

'In grote steden kun je gaatjes in de muren boren zonder dat iemand het hoort, maar met deze middeleeuwse, metersdikke muren is dat onmogelijk. We moeten het idee laten varen.'

Paul wordt somber. Hij staat op om steun te zoeken in de keuken.

Marieke is bezig kalfslappen klaar te maken. Paul gaat naast haar staan en kust haar in de hals.

'Je bent fantastisch,' fluistert hij.

'Ja, reuze fantastisch! Waarom sta ik me hier eigenlijk uit te sloven? Ik kan die smeris wel vergiftigen.'

'Het gaat om Philip,' zegt Paul. 'We moeten iets bedenken, anders redden we het niet.'

Marieke barst in snikken uit en rent het terras op. Een zwaargewapende scherpschutter houdt haar tegen en brengt haar, duwend met zijn karabijn, terug naar zijn commandant.

De kapitein verzekert haar dat er niets met haar of met Philip zal gebeuren, als zij maar weer braaf gaat koken. Ze gaat weer naar de keuken en koelt haar woede met het afwassen van alle vuile potten en pannen. De afvoer raakt verstopt door de etensresten. Marieke vloekt hartgrondig.

'Wat doe je nou toch?' wil Paul haar troosten, 'je hoeft nou toch niet...'

Hij stopt midden in zijn zin, staart een moment voor zich uit en slaat zich dan voor zijn hoofd: 'Rund dat ik ben, waarom heb ik daar niet eerder aan gedacht!'

Paul rent naar de kapitein, die van het huiselijke tafereel wat was opgemonterd, en roept: 'Ik heb het gevonden! We stoppen het gas in de afvoer!'

De kapitein laat zich meeslepen en geeft een van zijn manschappen opdracht om ogenblikkelijk Luigi Mantaloni te halen; per jeep met zwaailichten.

Binnen een half uur wordt Luigi aangevoerd, angstig en beducht. Met de grootste moeite kan Paul hem ervan overtuigen dat hij niets te vrezen heeft. Er is geen huis ingestort, geen mens gedood en er is zelfs geen klacht over het ontduiken van belasting of BTW. Luigi kan het nauwelijks geloven. Hij is de kroeghouder uit het volgende dorp, die Innocento herbouwd heeft zoals de Hollanders het wilden. Hij is een geboren genie. Hij weet wat rustico is en de waterafvoer geschiedt zoals in het oude Rome. De Romeinen vonden het aquaduct, de centrale verwarming en het warme bad uit. Daarom zal nooit iemand over zijn afwatering durven klagen. Alleen kent Luigi de wet van de communicerende vaten niet, zodat als het ene huis zijn water wegspoelt, het bij het volgende opborrelt. En als het regent klinkt overal het geklots in de afvoerpijpen, alsof alle olifanten van Hannibal het tegelijk aan de blaas kregen. 'Men zegt dat hij hier de Alpen is overgestoken,' zegt Luigi en alle Nederlanders zijn dan weer gelukkig. Als Luigi begrijpt dat hij niets te vrezen heeft, gooit hij het roer om en schetst met overtuiging de waterwerken van Innocento. Als de ware kunstenaar schept hij orde in de chaos, hij laat zich zelfs de helft van de saltimbocca van de kapitein uitstekend smaken. Er is wat geharrewar over de kwaliteit van de wijn, Luigi vindt de olijven van Innocento te bitter, maar zegt dat zijn aquaducten-in-plastic ideaal zijn voor de aanleg van een dorpstelefoon.

'Maar daar hebben we het niet over. De kapitein heeft een megafoon,' zegt Paul kribbig.

'Maar als je niet met je buren wilt praten, kun je ze vergassen; precies zoals je voorstelt.'

Luigi kijkt op zijn schets en zegt alsof hij Leonardo da Vinci zelf is: 'Vanwege de slechtheid der mensen kan ik niet alle mogelijkheden van mijn constructie openbaren.'

Marieke die een stoel had bijgeschoven, toen ze zag dat Luigi bijna het hele kalf verorberd had, zegt: 'Maar het gaat juist om de bestrijding van de slechtheid van de mens.'

Als ook de kapitein het hier mee eens blijkt te zijn, wijst hij het punt aan op Jan-Willems terras waar de slaapgasslang in de afvoer moet worden gestopt, zodat bij de familie Wessel alle slaapverwekkende geuren opstijgen uit wc, bad, gootsteen, douche en wastafels.

Geen van de huizen in Innocento heeft deuren tussen de kamers en vertrekken; hoogstens kralen gordijnen.

Luigi ziet de kapitein aarzelen.

'Er zitten reten en kieren in de muren en ramen,' zegt die en treft Luigi in zijn beroepseer.

'Geen sprake van,' zegt Luigi, 'je moet alleen zorgen dat ze de ramen dichtdoen.'

'Als ik dat bevel geef wordt Wessel achterdochtig.'

'Je moet ook niets zeggen, je moet doen. Je moet rookbommen om het huis leggen en dan gaan alle ramen en deuren wel dicht. Dan stoppen ze zelfs kranten in de kieren.'

'Luigi, je bent een genie,' roept Marieke enthousiast.

Dat is voor de kapitein te veel.

'Toch heb ik nog een klein probleem. Van geen van de Nederlanders in dit dorp zijn de papieren in orde. De notariële akten ontbreken, er zijn geen vergunningen bij monumentenzorg voor de aanleg van terrassen die er vroeger nooit geweest zijn, er wordt geen vermogensbelasting betaald en mijnheer de minister, u bent niet meer dan een kraker van dit pand waar u nu huishoudt.'

'Hij vond het eten niet lekker,' zucht Marieke.

'Mijn partij heeft alle begrip voor krakers,' bijt Paul de kapitein toe. 'Wat heeft dat nou met de gijzeling te maken?'

'Een politieman handelt op het juiste moment. Lang heb ik op dit moment gewacht.'

'Kapitein, u wilt toch niet zeggen dat de dag waarop mijn zoon met de dood wordt bedreigd voor u...'

Een revolverschot verhindert Paul zijn aanklacht te voltooien. Alle vier springen op en ze staan een ogenblik bewegingloos.

'Wessel,' zeggen Paul en Marieke. Ze bedoelen: 'Philip'.

Ze horen schreeuwen en jammeren. 'Hij is niet dood,' zegt Marieke, 'kapitein, alstublieft doe wat!'

Ze kruipen één voor één naar buiten het terras op en worden verblind door de schijnwerpers die op het huis van Wessel zijn gericht.

Het huilen en schreeuwen wordt minder. 'Is dat een goed teken?' fluistert Paul en op dat moment gaat de voordeur van Wessels huis open. Snel wordt er iets naar buiten geschoven. Een deken met touwen er om. Boven op het pakket is een brief gebonden.

Kapitein Negri geeft opdracht het pakket op te halen, maar nog voordat de scherpschutters te kennen geven dat alles veilig is, gaat de deur opnieuw op een kier open en wordt het pak met een bezemsteel weggeduwd, zodat het de stenen trap afglijdt en met een plof op de begane grond terechtkomt. Het duurt even voor iemand de enveloppe durft te pakken. Kapitein Negri scheurt de brief open en geeft hem aan Paul.

Het is een 'laatste waarschuwing'. Als de helikopter niet op de afgesproken tijd is gearriveerd, is Philip Vervoort dood.

De inspecteur geeft bevel het pak open te maken. Met bevende vingers begint een agent de touwen los te knopen. Negri kan zijn emoties nauwelijks beheersen. Hij wendt zijn gezicht af, als de politieman de deken opvouwt.

'Godverdomme nog aan toe,' sist Paul, 'zijn eigen kind, de vieze vuile schoft.'

Hij buigt zich over het kinderlichaampje en roept: 'Ze zit onder het bloed, maar ze leeft.'

In haar linkerhand houdt ze een puntzak met snoep geklemd.

17

Het circus trekt binnen, het circus van generalissimo Renato Bertolucci, opperhoofd van de Italiaanse anti-terreurbrigade.

Witte motoren razen en ronken om de stoet van zwarte kogelvrije Fiat-limousines heen. De met goud en glitters beladen generaal hangt vermoeid achter de gordijntjes voor de spiegelende ruiten. Het is zijn eerste gijzeling niet. De journalisten aan het begin van het dorp gunt hij geen blik. De pers heeft lont geroken en verspreidt opgewonden berichten naar alle windstreken.

De sirenes lokken Paul naar het terras en hij ziet hoe de pontificale optocht tussen de twee kampen van pers en gezag glijdt. Het leger heeft Innocento afgegrendeld. De Alpenjagers spieden in de bergen en verraden zich met de veer in hun hoed. De pers is naar de overkant van de rivier gedreven, maar zit loge; halverwege de berg op dezelfde hoogte als Innocento. De telelenzen en verrekijkers halen het gijzelpand binnen handbereik. Boven op de berg staan zendmasten en nog nooit heeft Paul de Wereldomroep zo helder ontvangen. Overal sluipen cameralieden rond als duikers rond het wrak. Paul voelt zich hulpeloos en bedreigd, zoals in die steeds terugkerende droom dat hij in de televisiestudio zit en het steeds benauwder krijgt, totdat hij ontdekt dat hij volledig bloot en naakt ondervraagd wordt.

Is er dan niets meer privé?

Smekend kijkt hij naar de kwijlende horde journalisten op de andere berg, maar de beroepsvoyeurs met hun kijkers en camera's leggen iedere emotie, iedere wanhoop feilloos vast tot vermaak van het miljoenenpubliek. Zonder het te weten maakt Paul weer een prachtig plaatje voor het Grote Journaal. Nog mooier wordt het als Marieke bij hem op het terras verschijnt: Wie is de nieuwe vrouw in het leven van Paul Vervoort?

Het lijkt wel of ze voor de pers verschijnen als ze met kapitein Negri naar het parkeerterrein lopen, waar de generaal met de gouden palm op de pet zojuist is uitgestapt. Hij staat groot, zwaar en dik op het plein alsof hij in een aria uit zal barsten of ter plekke exploderen. Gebeurde het laatste maar, denkt Paul die Rome nooit heeft vertrouwd.

'Ah, u bent de vader,' roept de generaal en steekt beide handen naar hem uit.

Moet ik knielen en zijn ring kussen, denkt Paul en hij zegt: 'Heeft u de pers gestuurd?'

Renato Bertolucci begint hartelijk te lachen: 'U weet toch dat er in dit land slechts één opsporingsapparaat beter is dan het mijne en dat is de pers.'

'Maar wie tipt de pers dan?'

'Dat zou u als politicus moeten weten.'

Paul krijgt ogenblikkelijk spijt van zijn uitbarsting en probeert aan Philip te denken. Hij wijst op kapitein Negri en zegt: 'U begrijpt, generaal, dat wij uw komst zeer op prijs stellen.'

'Tja, het is op de kop af de 500ste gijzeling van het jaar en ik beschouw het als mijn plicht daar persoonlijk bij te zijn.'

De moed zinkt Paul in de schoenen. De 500ste aflevering van de populaire tv-serie met als speciale attractie Renato Bertolucci en Paul Vervoort in de gastrollen.

'Dat u minister-president bent,' zegt Bertolucci, 'maakt het natuurlijk extra interessant, zeker na het geval Aldo Moro.'

'Ik ben geen minister-president.'

'Oh, nou ja, Moro ook niet. Hij wás het en u moet het dan nog worden.'

Paul moet zich vermannen en vraagt: 'Hoe denkt u dat het deze keer afloopt?'

Alsof vadertje Goedleven plotseling een galaanval krijgt,

zegt de generaal: 'Slecht, ik kan met Hollanders niet goed overweg. Zij hebben zo weinig eergevoel en zijn zo weinig flexibel. Of heeft u soms een plan?'

'Ja generaal, kapitein Negri en ik hebben een gedetailleerd plan ontworpen. Wij zouden het u graag willen voorleggen.'

'U geeft mij bijna weer hoop.'

Het trio maakt aanstalten te vertrekken, als er plotseling vanaf de politie-omheining wordt geroepen: 'Hé, Vervoort gaat het een beetje?'

'Wie bent u?' zegt Paul op zijn qui-vive.

'Heb je zo'n slecht geheugen voor journalisten?'

'Mijn hoofd staat er niet naar.'

'Koos Kaal, we kennen elkaar nog van de abortus-nacht.'

'Oh.'

'Moet je niet zo raar doen, want je was helemaal niet zo gelukkig met mijn stuk.'

'Ik spreek liever niet met u.'

'Oh nee, dan niet, moet je zelf weten. Vervoort. Mijn hoofdredacteur geeft zijn sterreporters altijd een heel mooie trucendoos mee. En als jij niet met mij wilt praten en mij geen nieuws geeft, dan tover ik wel even een truc tevoorschijn. En voor ik het vergeet, wat zijn je kansen bij de verkiezingen?'

'Wilt u verdwijnen.'

'Meneer Vervoort, bedankt voor het onderhoud. Morgen komt er een juweel van een stuk in de krant.'

18

Generaal Bertolucci verwisselt de glimmend zwarte uniformlaarzen voor eenvoudige bruine sandalen die hij van zijn broer, een franciscaner monnik heeft geërfd. 'Om mij beter te concentreren.'

Voor de zoveelste maal buigen de mannen zich over de schets die Mantaloni heeft gemaakt van Innocento's darmenstelsel. Ze blijven erbij dat de pijp in de badkamer van Jan-Willems huis de snelste en meest efficiënte verbinding heeft met het hoger gelegen Wessel-huis.

'Zullen we nog een keer gaan kijken,' stelt Paul voor, niet wetend wat met de resterende tijd te doen.

Negri roept nog eenmaal via de radio de helikopter op. Hij kan over 40 minuten worden verwacht. De kapitein loopt naar de geluidsinstallatie en roept: 'Dottore Wessel, de helikopter is in aantocht, zoals u zelf kunt opmaken uit het volgende gesprek dat ik zojuist met de gezagvoerder heb gevoerd.'

Hij draait het bandje af en voegt eraan toe: 'Dottore Wessel, als u deze boodschap hebt aanvaard, verzoek ik u over vijf minuten een fles uit het raam te gooien.'

'Waarom dat, kapitein?' vraagt Paul verschrikt.

'Om de pers wakker te houden.'

Paul haalt de schouders op. 'Kom, laten we gaan. Marieke, ga je mee?'

'Wil je niet wachten tot de fles is gegooid.'

'Nee.'

'Paul, ik geloof er niet in. Ik ben zo bang dat het fout gaat. En dat feestartikel met z'n sandalen doet ook zo weinig serieus, alsof het hem niet interesseert. Het kan niet goed gaan. Philip, arme Philip,' snikt ze.

Voorafgegaan door Negri sluipen ze naar haar huis, de generaal sloft achteraan. Ze pakt Paul bij de hand als ze het huis binnenstappen. Het bed is onopgemaakt, kleren liggen over stoelen en op de grond. Een schoon vel papier steekt in de schrijfmachine die Paul nooit eerder was opgevallen.

Aan de plastic buis in de badkamer is weinig te zien, behalve het rode kruis dat Luigi Mantaloni heeft gekrast op het punt waar de slang met het slaapgas moet worden aangebracht. Maar ook dat was overbodig. Het kruis zit bij een zware koppeling en Paul heeft de schroef al losgedraaid. Het is te ruiken, het lekt.

'De vijf minuten zijn voorbij,' zegt Paul, 'en nog steeds heeft hij de fles niet naar buiten gegooid. Wat gaat het toch allemaal amateuristisch.'

'Zeker,' zegt de kapitein, 'maar zodra iets professioneels gebeurt, gaat het fout, want hoe hadden we het gas naar boven moeten sturen als die aanleg van die afwatering niet in strijd was geweest met alle reglementen. Het wordt tijd dat u de Italianen vertrouwt. Verder wil ik niets meer van u horen.'

Met een grote knal valt de fles van Wessel in scherven.

'Het is goed,' roept Paul machteloos uit, 'maar mag ik u toch vragen waar de helikopter de gastank neerlaat en of er genoeg tijd is om de gastank aan te sluiten voordat de helikopter op Wessels dak verschijnt?'

'Laat dat nu aan ons over.'

'Maar mijn zoon!'

'Ik wil hier weg,' huilt Marieke.

De kapitein negeert haar en zegt tegen Paul: 'Ik ga nu naar buiten om de laatste details te regelen. U blijft hier binnen.' De kapitein groet beleefd. Hij verdwijnt, gevolgd door de generaal die geen woord heeft gezegd en van verveling overal zit te krabben, vooral in zijn kruis.

Paul en Marieke blijven alleen achter.

'Wat kunnen we doen?'

'Niets Marieke, we zijn aan de heidenen overgeleverd.'

Negri's stem klinkt opnieuw door de megafoon: 'Dottore, hier volgen de laatste instructies. Zorg dat al uw ramen en deuren gesloten zijn, zodra de helikopter nadert en houd alles gesloten totdat de helikopter op het dak staat en de motoren tot stilstand zijn gebracht.'

Paul krijgt weer enig vertrouwen. Slim van die deuren, beter dan rookbommen.

De kapitein vervolgt: Als eerste zal Philip Vervoort naar buiten komen en pas als hij bij de helikopter is, kan de volgende persoon komen, ik neem aan dat dat uw echtgenote zal zijn. U verlaat als laatste het huis.'

'Onaanvaardbaar,' hoort Paul, maar het geluid wordt langzamerhand door de aanvliegende helikopter overstemd. Paul vangt nog iets op: 'Zolang er geen akkoord is bereikt, kan de helikopter niet landen.'

'Uitstekend,' roept Paul, 'des te meer tijd om het slaapgas naar boven te jagen.'

'Maar hoe weten we of het gas niet te sterk is, misschien wordt Philip wel blind of impotent,' huilt Marieke.

Ze onderbreekt zichzelf: 'Paul, Paul, daar komt hij, de helikopter, de gastank hangt eronder!'

'O Jezus, als Wessel dat maar niet ziet of die verrotte pers. Zet de radio aan!'

De pers heeft de gastank gezien, en hoe: '...onderaan de helikopter, een legergroene gastank. Onwillekeurig moet ik denken aan de pleidooien van de heer Vervoort als staatssecretaris van Volksgezondheid...'

Als verlamd laat Paul het over zich heen gaan. De helikopter. De radio. Wessel, Philip. Philip!

'... wiegt boven het terras. Waar de tank is gebleven kan ik van hier niet zien. De helikopter stijgt weer op... zonder tank, die is dus losgemaakt, de helikopter blijft hangen en draait boven het terras... er zwaait een deur open van het huis... vaag zie ik figuren in de deuropening... mijn God – een ontploffing! Wat gebeurt er? Er wordt geschoten. Door wie? Verschrikkelijk, ik kan niets meer zien. Soldaten snellen toe, ze hebben brancards bij zich. Het schieten houdt op... De brancards gaan naar binnen. De helikopter landt op het terras. Zijn er gewonden? Zou de gijzelaar...?'

Paul rent naar buiten, 'Philip' roepend. Hij botst tegen Bertolucci op, die zelfgenoegzaam op zijn sandalen staat toe te kijken.

'Dottore Paolo, gefeliciteerd.'

'Wat, waar is Philip, het gas, de brancards, Philip!'

'U dacht toch niet dat ik mijn 500ste gijzeling door deze voorhistorische afvoer en een Hollandse politicus liet mislukken. Onze commando's zaten in de helikopter. De lichtgranaat verblindde dottore Wessel. Voor hij het wist lag hij gekneveld op de grond. De familie wordt op staatskosten naar Genua gevlogen.'

'Maar Philip, waar is Philip?'

'Daar komt hij aan.'

'Hai pap.'

19

De lucht is blauw, de ijstaart wit, en het lint waarmee Guusje haren en borsten, bomen en planten, hekken en huizen heeft versierd, heeft zelfs twee kleuren: geel en wit.

'Ik moest iets doen, ik ben zo blij en gelukkig. In de winkel vroeg ik naar rood-wit-blauw, maar dat hadden ze natuurlijk niet; zelfs geen rood-wit-groen. Toen nam ik dit maar; alles wat ze hadden. Er zit tenminste wit in.'

'De onschuld en de haat, net als in een ei,' zegt haar echtgenoot de hoofdredacteur, beroemd om zijn roereieren van humor en gezond verstand. 'De kleuren van het Vaticaan, de paus. Komt die oude snoeperd soms ook nog hier om de grond te kussen?'

'Dat zou leuk zijn. En de lintjes doorknippen,' roept Guusje opgetogen, maar Jan-Willem, de professional, dempt de pret: 'Te laat, de show is over,' en met weids gebaar wijst hij naar de heuvels aan de overzijde van de rivier.

Het tv-circus wordt afgebroken, de wilde beesten lopen nu vrij rond. Zij loeren op hun prooi, een malse hap op het grote feest.

'Ik voel me net als na een première; dat zalige gevoel dat het alweer is gelukt,' zegt Lady Macbeth en dansend in haar oosters gewaad met goudbrokaat pakt zij een mes.

'Wie wil er nog een puntje van deze overheerlijke ijstaart, oh Henk, wat was dat toch een leuk idee.'

'Ach ja, het is in de kerk geboren,' reageert hij afwezig. 'Maar wat zullen de kranten morgen schrijven?'

'Oh prachtig, ik heb mijn best gedaan. Wel vijf keer ben ik voor de televisie geïnterviewd, vijf keer hetzelfde verhaal,' zegt Jan-Willem.

'En dat voor zo'n origineel iemand,' snibt Marieke.

Even valt er stilte. Iemand vraagt: 'Maar waar is Philip?'

'Oh de lieverd slaapt, hij heeft zoveel bij te slapen,' verzucht Mary en weer is het stil. De helden glimlachen en zacht glijdt de wind over hun gezichten, als de tv-camera die het verdriet aan de top zo gevoelig in de huiskamers bracht.

'Champagne, laat de kurken knallen,' roept Eric. Hij verdwijnt van het terras om even later terug te keren met vier flessen spumanti.

'Oh mensen, wat zijn jullie toch lief voor ons,' zegt Mary en maakt een slikbeweging.

'Mens, je gaat toch weer niet huilen,' schrikt Guusje.

'Nee hoor.' Mary vermant zich en zegt als vanouds: 'Paul, ga jij de glazen halen. Je zit maar weer te niksen en vakantie te houden met die sigaar.'

'Het is vakantie,' mompelt hij en sloft op de sandalen die generaal Bertolucci heeft achtergelaten naar binnen.

'Als je niet zou weten dat die man ze vergeten heeft, zou je denken dat hij terug moet komen,' oppert dr. Bruyt.

'Bart, je bent toch niet bijgelovig,' zegt Guusje. 'Het is nu allemaal voorbij, ik ga weer gezellig aan mijn plantjes werken en plezierig vakantie houden.'

Marieke wiegt op haar stoel en zuigt aan haar duim. 'Gek,' zegt ze, 'niemand heeft het over Philip en toch ging het om hem.'

'Ja,' knikt Paul.

'Ik denk dat we hem gewoon moeten laten slapen als we zo gaan eten,' zegt Mary.

'In het café,' roepen de kinderen.

'Ja hoor, in het café, ga maar vast zeggen dat we over een kwartiertje komen.'

'Mogen wij dan vast een glas spuma bestellen, omdat Philip niet dood is.'

'Ja Tove, omdat we weer allemaal bij elkaar zijn.'

'Maar die meneer in het botenhuis is wel dood, hè.'

'Ja Tove, maar nu gaan we weer allemaal leuke dingen doen.'
'En wie gaat er nou dood?'
'Niemand, Tove. Gaan jullie nou gauw naar beneden, want anders zijn alle tafeltjes bezet.'

De kinderen verdwijnen en de grote mensen drinken door, het geluk is teruggekeerd. De zwaluwen zitten hoog in de lucht, dus wordt het weer goed. Ongemerkt valt de schemer in en worden de geluiden in de vallei scherper. De krekels en de kikkers leggen hun geluidsmuur rond het dorp.

'Die Italianen, zo maar een gijzeling opgelost,' peinst Henk.
'Of was het toch meer geluk dan wijsheid?'
'Gaat u er toch over schrijven,' vraagt Marieke scherp.
'Nee meisje, geen sprake van. Er komt een leeftijd dat je vakanties...'
'Ik dacht al,' onderbreekt Marieke.
'Maar het blijft een interessante zaak. Waarom heeft Wessel die man in het botenhuis vermoord? Of denk jij er anders over, Paul?'

Paul trekt aan zijn sigaar en blijft verzonken in gepeins.

'Hij heeft het zich allemaal erg aangetrokken,' zegt Marieke beschermend. 'Hij heeft nog met geen journalist willen praten.'

'Dan moet er echt iets met hem aan de hand zijn,' schatert Jan-Willem; zijn lach echoot over de bergen.

'In dat hotel had jij anders het hoogste woord. Vijf televisie-interviews.'

'Schatje, je weet toch dat iemand het milieu moet vervuilen. Dat is het bestaansrecht van mijn quiz.'

'Kom, stuk vuil, laten we gaan eten,' zegt dr. Bruyt en slaat zich op de dijen. De voetbaldokter staat op en zegt met strenge stem: 'Wat er ook gebeurt, onze kinderen hebben recht op orde en rust. Ik wil hier geen journalist zien. Innocento moet uit de publiciteit.'

De spelers moeten zich concentreren.

'Ik voel er veel voor,' beaamt Jan-Willem.

Ook Paul staat op en gaat naast de dokter staan. Hij torent hoog boven hem uit. Paul zegt: 'Ik heb opdracht gegeven om alle nieuwsgierigen tegen te houden, ook de mensen van de pers. Niemand krijgt Philip te zien, laat staan te spreken.'

'Paul, je zou bijna zeggen dat je jaloers bent,' grapt Jan-Willem.

Rumoerig zet de stoet zich in beweging. Niemand ruimt op. Niemand gaat naar Philip kijken.

Ze dalen af naar het café. Bij het parkeerterrein aan de top van de toegangsweg staan twee gepantserde politieauto's. Carabinieri houden met stenguns de wacht.

De vrouwen schrikken.

Paul zegt: 'Daar heb ik voor gezorgd.'

'Uitstekend,' vindt dr. Bruyt, 'dan is het hier snel weer als vanouds.'

Opgewekt begroet het gezelschap Aldolfo.

20

De ouders zijn vertrokken en Philip speelt met zijn grote teen; de grote teen van zijn linkervoet. Hij legt die voet over zijn rechterdij en denkt: Ik ben niet blij.

De dichter bekijkt zijn teen en ziet de afgestompte maatschappij die zich met eelt afschermt en graait met scherpe nagels. Philip stopt zijn teen in zijn mond en bijt om te bewijzen dat hij nog leeft en niet droomt. De mens zuigt het leven uit zijn grote teen, en dat maakt hem zo gemeen, rijmt hij afkeurend. Te gemakkelijk, zucht Philip moeilijk. Hij ziet twee champagnekurken op het terras liggen. Hij kan er net niet bij, hij staat op, steekt ze tussen zijn tenen en gaat dansen op de laatste boodschap van John Lennon. De blikken kroondopjes op de dikke kurk glinsteren dom in het avondlicht.

Philip heeft de gijzeling overleefd en hij weet nog steeds niet hoe hij zich voelt, zoals hij ook nog steeds niet weet wat hij van Wessel moet denken. Is het een gefrustreerde kleine man, een dromerige fantast of een gemene wellusteling? Philip schudt het hoofd, sluit de ogen, spreidt de armen en zoekt, zoekt totdat hij zijn teen stoot aan de tafelpoot. Philip verrekt van de pijn en valt over de tafel. Hij huilt zoals hij in geen tijden heeft gehuild. Hij wordt meegesleurd door oeverloos verdriet en voelt opeens een hand glijden over zijn hoofd. 'Wessel, nee, dr. Wessel, alsjeblieft.'

Philip verstijft, en slaakt een doodskreet. Hij kan zich niet verroeren, maar Wessel zegt niets en onbereikbaar ver zingt John Lennon, alsof hij vraagt om bij hem in het hiernamaals te komen. Het houdt niet op, als de autoradio die na het ongeluk onverstoorbaar door blijft spelen tot alle inzittenden zijn gestorven.

'Ssst,' hoort Philip.
'Dr. Wessel,' ijlt hij.
'Ssst, ik ben het.'
'Mama.'
'Nee, ik, Marieke.'

Hij kan zijn hoofd niet optillen; hij wil zeggen: 'Wat doe je hier, laat me met rust,' maar hij krijgt de woorden niet meer over de lippen. Hij verliest het bewustzijn en Marieke krijgt het behoorlijk benauwd.

'*Buona sera*,' klinkt het aarzelend en bescheiden.

Daar staat Giuseppe, de onschuld zelve, met een grote twee-liter-fles wijn in de hand. Het lintje van de paus heeft Guusje op zijn nooit gewassen borstrok gespeld. Zijn gekromde vingers weten geen raad met de fles, die hij als een vijgenblad over zijn broek schuift. Bezorgd schudt Giuseppe het hoofd.

'Het gaat niet goed met dit land, de zon is ziek en sinds de communisten de Spoetnik om de aarde hebben gestuurd gaat alles verkeerd, het leven wordt steeds duurder. Maar waarom zou ik nog meer wijn maken dan ik nodig heb. Op de coöperatie geven ze niets meer voor mijn druiven, ik laat ze verrotten. Het zijn de beste druiven. Van mijn wijn word je niet ziek. Ik pluk geen druiven meer, geen olijven meer en ook geen bloemen. Mijn lelies stonden vroeger altijd in de kerk en op het kerkhof, maar wie gaat er nog naar de kerk, wie gaat er nog naar het kerkhof.'

Meewarig kijkt hij naar Philip.

'Ook in het dorp is geen vrede meer.'

'Vanwege de Hollanders,' oppert Marieke met Hollands schuldgevoel.

'Nee, de Russen,' lacht Giuseppe. 'De Hollanders zijn goed, zij zorgen voor ons. De Hollanders moeten blijven.'

'Ik blijf niet,' zegt Marieke. 'Wat moeten we doen met Philip, de dokter halen?'

'Dokters maken mensen ziek.'

'Wat dan?'

'Hij slaapt.'

'Nee, hij is bewusteloos,' zegt Marieke angstig.

Giuseppe doet een stap naar voren, twee stappen opzij, sputtert 'Santa Maria' en zegt bedremmeld: 'Leg een rand van knoflooktenen rond zijn hoofd. Snij de tenen open en prik er een takje tijm in. Ik moet nu gaan.' Hij loopt achteruit het terras af en verdwijnt even snel als hij gekomen was, de fles wijn nog steeds in de hand.

'Hekserij,' zegt Marieke en verbijt haar tranen. Ze aait Philip over het hoofd en fluistert: 'Wakker worden, opstaan, maantje schijnt.'

'Mamma, mam ben jij het,' lispelt Philip zwakjes.

'Nee, ik ben het, Marieke. Je moeder zit zich te bezatten in het café.'

Philip heft het hoofd en kijkt haar aan met Vondels lodderoog.

'Wat kom je doen?'

'Kijken hoe het met je gaat.'

'Goed, ik stootte mijn teen.'

'Ook dat nog.'

Marieke valt op haar knieën en aait de blauwe teen.

Philip haalt de schouders op. 'De bult op mijn hoofd is erger.' Ze staat op, maar hij wimpelt haar af. Ze moet van zijn hoofd afblijven.

'Laat me maar alleen,' zegt Philip.

'We zijn alleen, jij en ik. Ik dacht dat je misschien wat praten wilde. Je hebt me wat meegemaakt, zeg. Ieder ander zou een zenuwshock hebben gekregen.'

'Wat heb ik dan?'

'Je teen bezeerd.'

Philip begint te lachen. 'Wil je wat drinken?'

Hij gaat naar binnen en komt met een koele fles dolce acqua terug. 'Of wil je liever champagne?'

'Dat is goed voor de anderen.'

Philip trekt de kurk uit de fles en gooit hem op Wessels terras.

'Gekke man, die Wessel, die heeft de muren van dat kamertje boven vol geplakt met kurken, duizenden kurken, waar hij ze vandaan haalde, weet ik niet.'

'Uit de puntzakken.'

'Nee, maar het zijn allemaal gebruikte kurken. Die kamer is volledig geluiddicht, maar die kurken hebben me gered. Je begint te tellen, ziet figuren, ik zag zelfs een keer jouw gezicht, maar kon het niet meer terugvinden. Die man is helemaal gek van kurken, steeds zat hij maar in kurken te snijden, ze te fruiten alsof het uien waren. Als hij rustig was, 's ochtends als zijn vrouw hem een bordje brinta uit Holland had gebracht, zat hij figuren te kepen in kurken. Hij hield ze dan onder het vuur en probeerde ze uit op de palm van zijn hand. Als het lukte moest iedereen komen kijken en dan zeiden zijn dochters: "Oh, pappa mogen wij een brandmerk op ons voorhoofd?" Dan begon hij te lachen en zei hij: "Het is beter dat niet iedereen ogenblikkelijk je brandmerk ziet."'

'Dat is vreemd. En de heroïne?'

'In kurken, uitgeholde kurken.'

'Oh, Philip, dat heb jij allemaal ontdekt. Haat je Wessel?'

'Haten, ach waarom? Het is een man die de boot gemist heeft, een underdog.'

'Was je nooit bang?'

'Ja, in het begin en toen hij zijn dochtertje naar buiten schoof, toen dacht ik dat hij gek van verdriet werd en iedereen overhoop wilde schieten.'

'Verdriet?'

'Hij houdt zielsveel van zijn kinderen.'

'Je meent het.'

'Nee, echt, dat was zelfs ontroerend. Iedere avond vertelde hij de kinderen verhalen tot ze in slaap vielen, hele mooie sprookjes over prinsen die prinsessen bevrijden en gelukkig maken. En over domme koningen die in de gevangenis komen en hun cel veranderen in een paleis waar ze niet meer uitkomen.'

Philip is even stil.

'Het is hem toch maar gelukt ze levend naar buiten te krijgen,' zegt hij peinzend.

'Maar Philip, dat moet je opschrijven, je zult wel als getuige op het proces moeten verschijnen. Ga je hem nog opzoeken in de gevangenis?'

'Misschien,' zucht Philip en hij haalt een kurk uit zijn broekzak. Zorgvuldig trekt hij de kurk open en er rollen drie kleine dobbelsteentjes uit. 'Kreeg ik als afscheidscadeau. Hij zei: veel geluk.'

De dobbelsteentjes liggen op zijn hand die hij naar Marieke uitsteekt. Zij pakt zijn hand en drukt Philip tegen zich aan. Hij kust haar, ze kijken elkaar in de ogen en Marieke zegt: 'Je lijkt op je vader.'

'Dat zegt moeder ook.'

'Daar komt ze aan, welterusten.'

21

De gouden kooi mag weer open en de siervogels vliegen uit om zich te vermaken onder het gewone volk dat met zijn luister- en kijkgelden de show betaalt. Duizenden Nederlanders nestelen zich zomers aan de gore stranden van Trentocento, waar hun voorvechters zich verwaardigen om zo nu en dan ook te verschijnen. De koningin hield het in deze regionen niet uit, maar de Toppers wel. Zij kunnen ook op vakantie niet zonder publiek. Zij zetten hoeden en brillen op en vinden inspiratie voor het nieuwe seizoen. Paul geniet in zijn nieuwe Volvo-stationcar en slaagt er tapdansend in om zonder bij te remmen de honderden bochten op de smalle slingerweg te nemen. Tevergeefs vragen de inzittenden het wat rustiger aan te doen. Mary roept: 'Ik word ziek!' en Philip: 'Laat me er maar uit, ik ga met de trein, daar ben je toch zo'n voorstander van. Wanneer gaan politici eens volgens hun principes leven.'

'Ik leef volgens mijn principes,' zegt Paul geïrriteerd na alle opstoppingen en nu weer wachtend bij de spoorboom, waar de trein triomfantelijk langsrijdt.

'Zal je goed doen, pap, dat het openbaar vervoer het toch weer wint.'

Ze rijden snel de brug over, door de tunnel onder de oude stad, Philip begint hevig te transpireren als hij door de palmen de blauwe zee ziet. 'Ik had niet mee moeten gaan.'

'Maar Philip, wat is er nou? Had je dan weer de hele dag in die hangmat willen liggen wachten op Marieke. Ik begrijp niet wat je in dat kind ziet, je vader is er ook al zo épris van.'

'Laten we het daar niet over hebben, maar ik wil niet naar de Piraat. Daar wordt altijd al de loper uitgegooid als "il Minis-

tro" binnenkomt en nu zal het helemaal verschrikkelijk zijn. Je krijgt op zijn minst de gouden ooglap en wordt opgenomen in het doodskoppenregiment.'
'Waar wil je dan heen?'
'Waar geen Hollanders zijn.'
'Dat zal moeilijk zijn.'
Paul rijdt langs de promenade in de richting van Frankrijk.
Philip kijkt verlangend naar de zeilboten die de vrijheid hebben gevonden. Hij kan geen mensen om zich heen verdragen. Hij laat Paul steeds verder rijden, tot hij een klein rotsstrandje ontdekt met een kroeg op palen en kano's om te huren. Paul vindt een mooi parkeerplaatsje onder een eucalyptusboom en tien minuten later ligt het ouderpaar op een luchtbed onder een rode parasol. Philip neemt zijn matras mee in het water en wil weg, zover hij kan. Hij wil naar een uitstekende rots, brengt de matras terug en hoort niet dat zijn vader roept: 'Philip, ga niet te ver.'
Maar hij gaat te ver, om maar weg te komen uit het vettig lauwe afwaswater en om alleen te zijn op de rots waar de golven hard tegen aan spatten. Met haastige slag en verkrampte glimlach zwemt hij de verlangde vrijheid tegemoet, denkend aan Marieke.
Het water wordt kouder en hij voelt dezelfde uitputting als bij het stoten van zijn grote teen. Hij slikt een slok viezigheid binnen, krijgt het benauwd, en zijn armen en benen verslappen. Hij ziet de lokkende rots vervagen en zijn hoofd knikkebolt in het water. Hij hapt naar adem en voelt zich als wrakhout wegdrijven, maar niet naar het strand. Zijn handen, zijn benen, niets wil meer. Hij weet niet of hij zelf nog wel wil. De droom neemt over en hij schuurt met zijn buik over een pokdalige rots die zijn leven redt. Uitgeput zoekt hij houvast en probeert zich aan de rots vast te klampen. Het lukt, hij kan zich omdraaien en gaat zitten; bevend en bloedend. Het bloed loopt in een klein stroompje langs zijn been in het water en waaiert uiteen als een roze koraalplant. Philip raakt uit de ver-

doving en geniet van de pijn, die hem uit zijn extase haalt. Het is niet meer dan een flinke schram, stelt hij vast. Opnieuw voelt hij zich snel fit, wuift naar zijn ouders die er niets van begrijpen, maar durft niet terug. Hij kijkt naar de grote rots en denkt: die is veel dichterbij dan het strand.

Philip gaat staan en voelt het leven weer terugvloeien. Hij is jong en neemt een duik. Alle leed is vergeten en zonder enig probleem bereikt hij de rots die groter is dan hij dacht. Met handen en voeten klautert hij omhoog. Het valt niet mee. Hij is erg moe en trillend komt hij boven. Hij steekt zijn hoofd over de rand en betrapt een vrijend paar. Geërgerd kijkt hij neer op een blote kont, maar nog meer wordt hij geïrriteerd als hij hoort: 'Ja, dat is lekker': Hollanders. Nergens ben je meer vrij.

Hij doet zijn ogen dicht. Hij slaakt een godverdomme en de kont wordt gekeerd.

'Hé Els, bezoek, een gluurder.'

De blote man, met het postuur van een vrachtwagenchauffeur, richt zich op en staart Philip doordringend aan. Zijn gebaren zijn traag en hij tikt de vrouw op haar arm waarmee zij haar borsten probeert te bedekken.

'Els, kijk eens, dat is die gozer die gegijzeld is, die zoon van die politicus, die lange Weifeltoren. Ik herken hem uit de krant.'

'Je zou het zeggen. Vraag het hem.'

'Hé, hoor je dat?'

'Ja,' beaamt Philip sprakeloos.

'Nou jongen, gefeliciteerd. Straks wil ik een borrel met je drinken, maar nou moet je oprotten, nou wil ik neuken.'

Philip vlucht van de rots de zee in. Verbijsterd slaat hij zich door de golven en snikkend van woede laat hij zich voor zijn ouders in het zand vallen.

'Ik sta in de krant, godverdomme.'

22

Zijn ogen zijn veranderd in uitgeperste citroenen. Zij tasten zijn hele gezicht aan. Verbitterd en verzuurd zet Philip een donkere bril op en met de Bretonse visserspet diep op het voorhoofd gedrukt verdwijnt hij in de richting van het station.

'Waar ga je heen?' roept Mary machteloos vanaf haar opblaasbed.

'Ik ben zo terug.'

Philip holt naar boven de boulevard op, hij schiet langs de auto's en galmt door ieder raampje: 'Klootzak.' Het doet hem goed. Auto's wijken of stoppen voor de orkaan die langswervelt. 'Kaffer, lul.'

Philip rent van kiosk naar kiosk, maar overal zijn de kranten uitverkocht tot hij bij het station de laatste kranten nog net onder iemands neus kan wegritsen. Hij betaalt en sluit zich op in de wc. Daar durft hij pas te kijken en zich zelf in het gezicht te staren.

Zijn portret is breeduit over de voorpagina gesmeerd. *'Geen wraakgevoelens'* staat er onder de foto die na de bevrijding gemaakt moet zijn; op het terras in het oude t-shirt uit India. Hij blijft wezenloos naar zichzelf kijken totdat er hard op de deur wordt gebonsd. Philip reageert niet, maar kijkt verder. Nu ziet hij pas de vette kop: *'Moordenaar van Innocento vertelt kinderen sprookjes.'* En daaronder: *'Exclusief interview met slachtoffer gijzelingsdrama.'* Zijn mond valt open als hij leest: *Van onze speciale verslaggeefster in Innocento, Marieke van Nimwegen.*

Het bloed stijgt Philip naar het hoofd. Hij stormt het toilet uit. 'Dat aait mijn teen, drukt zich tegen me aan, geilt me op. Ik zal d'r godverdomme terugpakken.'

Alles wat hij Marieke die avond verteld heeft staat er dramatisch in; zelfs zijn flauwvallen, de brintapap en het brandmerk op de hoofden van de lieve dochtertjes. En verder alleen maar kritiekloze bewondering.

Om de tien meter blijft Philip stilstaan om weer een paragraaf te lezen of te herlezen. Auto's toeteren en jagen Philip op. Deze keer komen de vloeken uit de auto's en Philip wordt gedreven naar zijn moeder in het zand.

Op het strand terug, werpt hij, zonder iets te zeggen, zijn moeder de krant toe.

Paul wil over haar schouder meelezen, maar Mary duwt hem weg: 'Ik vind dat zo vervelend dat geblaas in mijn nek, wacht even.'

Ongelukkig kijkt Paul zijn zoon aan. 'Je hebt nog een krant.'

Philip geeft hem het blad dat hij zelf nog niet gelezen heeft.

Ook daar staat Innocento op de voorpagina: *'Gijzeling Stunt van Paul Vervoort?'*, *'Politicus betrapt met mysterieuze vriendin – Vrouw weggestuurd'* en een foto van Paul die zijn armen om Marieke slaat *'De nieuwe vrouw in zijn leven'*. De foto is met telelens gemaakt, het artikel door sterreporter Koos Kaal geschreven.

Het is alsof Paul versteent. Hij ziet de man weer voor zich staan met zijn vette snor en dikke bierbuik. 'Als je niet wil praten dan moet je het zelf weten. Dan tover ik wel een truc tevoorschijn uit de trucendoos. Wat zijn je kansen bij de verkiezingen?'

Knarsetandend beveelt Paul: 'We gaan weg, we gaan meteen naar huis. Hier zal ik werk van maken.'

'Jij?' roept Philip, 'hoe durf je!'

Mary begint te gieren van het lachen: 'Vader en zoon vechten om dezelfde meid.'

'Niks om te lachen,' roept Paul.

Driftig start hij de auto.

De hele weg naar Innocento valt er geen woord.

Nauwelijks staat de auto stil, of Philip springt naar buiten en rent naar het huis van Jan-Willem en Marieke. Hij negeert het planterspaar dat hem vriendelijk toeknikt. Zijn doelwit is Marieke.

Quasi-nonchalant stapt hij binnen. Ze spelen een partijtje scrabble.

'Hé Marieke, ik heb net je stuk gelezen. Daar moeten we even over praten. Onder vier ogen graag.'

Marieke bloost: 'Ik kom.'

Philip draait zich om naar Jan-Willem: 'Morgen zie je haar wel weer verschijnen. Ik heb nog een nachtje van je vriendin tegoed. Gratis interviews zijn er niet bij.'

23

Jan-Willem snakt naar adem, zijn ogen puilen uit, zijn gezicht loopt blauw aan. Hij houdt een hand aan zijn keel.
'Je hebt hem niets gezegd...,' perst hij eruit.
'Nee, ik...,' probeert Marieke ertussen te komen.
'En je hebt hem ook nog beloofd dat je met hem... Hoer dat je bent, vuile rothoer!' schreeuwt hij door de vredige avondstilte. Hij slaat Marieke in haar gezicht. Onverwacht. Marieke verliest haar evenwicht en valt op de grond.
'Niet doen,' roept ze.
Philip kijkt tevreden toe. Ze heeft het verdiend, denkt hij. Dat hoef ik niet meer te doen. Het is een hele opluchting.
Maar Jan-Willem weet van geen ophouden. Hij tiert maar door over 'rot hoer' en schreeuwt: 'Verdwijn uit mijn ogen.'
Snikkend kruipt ze naar het terrashek.
Philip vindt het zo wel voldoende. Hij helpt haar overeind en zegt: 'Schiet op, kom mee.'
Hij gaat tussen Marieke en haar belager in staan. 'Jan-Willem, nu is het afgelopen,' zegt Philip tegen de quizmaster die bijna twee keer zo oud is.
Jan-Willem maakt nog een paar wilde gebaren maar gaat naar binnen. Maar nog voor Philip de trapjes is afgelopen, begint de scheldtirade opnieuw; vanuit het kleine raam. Philip kijkt en roept: 'Marieke, kijk uit, pas op.' Met een gigantische klap valt haar schrijfmachine naast haar op een steen en maakt nog drie buitelingen voor hij onherstelbaar verwrongen te pletter slaat. 'Daar heb je je interview,' klinkt het pathetisch, maar Philip en Marieke vluchten; weg langs de huizen en de muren, door een steegje en over een plaatsje.

'We gaan met jouw auto,' zegt Philip, en Marieke volgt gedwee.

Ze duikt de auto in, trapt haar schoenen uit en rijdt al voordat Philip goed en wel zit.

'Waar gaan we heen,' snikt ze in wanhopige razernij.

'Frankrijk,' beveelt Philip gedecideerd, maar ondertussen houdt hij zijn hart vast. Marieke giert door de bochten de berg af, raakt zowat een vangrail. Philip zegt niets. Het is onduidelijk wie wiens gevangene is.

Met gierende remmen stopt Marieke pal voor de slagboom.

De jonge Italiaanse douaneman vindt het prachtig, maar de Fransman houdt niet van druktemakers. Hij trekt zelfs zijn witte handschoenen aan en dat voorspelt weinig goeds, denkt Philip. Maar de douanier herkent Philip van de foto in *Nice Matin* en laat ze door.

Philip lacht flauwtjes, Marieke schuift ongeduldig achter het stuur. Zwijgend rijden ze door, Philip staart naar de snelheidsmeter die dronken op en neer springt.

'Dat is wel goed kapot,' zegt Marieke. 'Je wordt bedankt.'

'Wat?'

'Jan-Willem.'

'Dat is jouw zaak.'

'Inderdaad, Philip, mijn zaak.' Ze kijkt hem aan en zegt: 'Je bent hard voor je leeftijd.'

In tijden heeft hij niet zo'n bemoedigend compliment gehad.

Verloren kijkt Marieke hem aan. Ze zoekt zijn knie, maar resoluut wijst Philip haar af.

'Stop op dat plein,' zegt hij. 'Pas op die boulespelers.'

Het jeu de boules wordt niet verstoord.

'Marieke, mag ik jouw zonnebril?'

Ze geeft de bril maar al te graag. Ze volgt Philip naar een leeg terras en hij bestelt twee glazen ricard.

'Deux ricards, deux,' herhaalt de ober en haalt de kan met water van een ander tafeltje. Begrijpelijk dat hier niemand komt, denkt Philip, maar des te beter voor mij. Hij staat op, zegt dat hij zo terugkomt en verdwijnt in de kleine supermarkt.

Marieke laat het hoofd hangen en reageert nauwelijks als Philip een Franse krant voor haar neerlegt. 'Je wordt nog rijk, kijk maar op pagina drie.'

Daar staat haar interview.

'Ik krijg daar geen cent voor. Ik ben geen freelancer, ik ben in vaste dienst.'

'Zo, in vaste dienst, journaliste van dat rotblad, waarom heb je dat nooit gezegd, godverdomme.'

'Vanwege dat rotblad. Daar haalt de elite van Innocento zijn neus voor op.'

'En Jan-Willem, wist die het?'

'Ik heb hem ook geïnterviewd.'

'Ga je met iedereen die je interviewt naar bed?'

'Ik doe de human interest interviews.'

'Dat is geen antwoord op mijn vraag.'

'Nee, niet iedereen.'

'Met mijn vader?'

'Ik heb hem niet geïnterviewd.'

'Zo, journaliste, nymfomaan en soms ook nog feministe?'

'Ook feministe.'

'Mooi is dat.'

'Moralist.'

'Je speelt met je vrouwelijke charmes, je verleidt, dat is gemeen.'

'Het is niet gemeen. Mannen zijn bang voor vriendschap, ze moeten zich altijd bewijzen.'

'Ik ben geen Jan-Willem.'

'Solidariteit is er ook niet veel tussen jullie.'

'Zal ik je naar Jan-Willem terugbrengen?'

'Nee, ik wil niet terug.' Ze barst in snikken uit. Ze pakt haar autosleuteltjes van tafel en geeft ze aan Philip. Het blijft ineens stil tussen hen beiden.

Philip bestelt een karaf wijn en stokbrood-sandwiches met

paté en salami. Hij speelt afwezig met Mariekes sleutel, laat hem in zijn glas vallen, stopt hem in de mosterdpot en als Marieke niet kijkt – ook nog even in zijn oor. Hij knabbelt al het stokbrood op.

Als de straatlantaarns aangaan, zet hij zijn zonnebril af en hij kijkt naar zijn leeftijdgenoten die op bromfietsen over het plein jagen; achter de meiden aan. Hij is bijna jaloers. Zij kennen tenminste de regels van het spel, maar voor Philip is alles nieuw en vreemd; en vooral onzeker. Het interview is ineens onbelangrijk geworden.

Marieke komt tot rust. 'Philip,' glimlacht ze bedeesd, 'wat wil je van me?'

'Gewoon, wees jezelf.'

'Reken dan af. En laten we gaan zwemmen.'

'Zwemmen? In zee?'

'Nee, in de rivier. Het is volle maan.'

Philip die geen rijbewijs heeft, geeft de sleutel terug en gaat weer naast Marieke in de auto zitten. Ze rijdt nu kalm.

Philip legt zijn hand op de hare en neuriet: torentje, torentje, bussekruit, wat hangt daaruit? Een gouden fluit, een gouden fluit met knopen, het torentje is gebroken.

Het blijft warm en Marieke verzucht: 'Een duik en dan naar bed. Waar gaan we slapen?'

'We zullen wel zien,' zegt Philip moe en mat.

De douaniers zijn vriendelijk. Ze wuiven en zeggen: 'Innocento?'

'Ja, Innocento.'

Een konijn steekt over en aarzelt in de schijnwerpers.

Marieke remt en honderd meter verder draait ze de Via Nazionale af, de weg op naar het gezegende dorp. Vlak voor de brug stopt ze. Ze stappen uit, tasten in het donker als blinde muizen en horen hun hart bonzen. 'Het water staat hoog. De sluizen staan open,' zegt Philip.

'Zalig,' verzucht Marieke en maakt de eerste knoopjes van haar bloes los.

'Er staat een harde stroom, hoor je het water spatten tegen de rotsen?'

'Geweldig,' roept Marieke. 'Ik voel me vrij. Virginia Woolf zwom altijd naakt.'

'Maar toen zij zich verdronk had ze wel haar kleren aan.'

'Het was in een beek, zoals hier. Heb je haar boeken gelezen?'

'Marieke, zie je dat Jan-Willem thuis is. Dat daar is het lichtje van zijn huis.'

'Gun hem ook zijn vrijheid.'

'Marieke, geen gesodemieter, ik wil niet dat hij de boel komt verpesten. Straks gaat hij misschien eten, bij Carlotta aan de weg en als hij dan je auto ziet staan, komt hij kijken en als hij ons dan ziet zwemmen, wordt hij misschien vervelend.'

'Jan-Willem kan niet slapen met volle maan; zelfs niet met oordoppen en slaappillen.'

'Marieke, we gaan hier weg. Hier is het niet rustig. We gaan naar het botenhuis, waar de kinderen altijd zwemmen. Daar zal niemand ons lastigvallen.'

'Niemand zal ons lastigvallen. Ik ga het water in.'

'Nee, Marieke, nee. Niet hier.'

Hij legt zijn gestrekte armen over haar schouder en kijkt haar in de maanverlichte kattenogen.

'Waar dan?'

Maar voor Philip kan antwoorden, schieten twee schijnwerpers in zijn gezicht. De wachthoudende carabinieri schijnen hun lantaarns van de brug. Zij hebben Philippo betrapt en wensen hem spottend een goede avond.

Philip baant zich een weg door doornen en zwiepende takken en heeft de Schone Slaapster klaarwakker achter zich. Dit is, denkt de jonge dichter, een filosofisch probleem. Ik ben op zoek naar iemand die ik in mijn zog meevoer. Hij denkt aan alle filosofen die hem te binnen schieten, van Aristoteles tot Nietzsche, maar komt uit bij Winnie The Pooh. Toch geen manier om een affaire te beginnen. Philip loopt schrammen op, valt in kuilen en houdt zich aan overhangende takken overeind, maar levert Marieke ongeschonden af op het zachte kinderstrand. Hij kijkt omhoog, wordt overweldigd door de maan en de sterren en laat zich op zijn knieën in het zand vallen. Hij kust Mariekes voeten. Zij gooit haar kleren uit en staat groot en bloot voor hem. Hij kijkt langs haar enkels omhoog, hoort het ruisen van de beek en beseft dat hij zijn gevoelens nooit in een gedicht zal kunnen neerleggen. Hij springt op, rukt zijn hemd uit, trapt zijn broek uit en rent haar na het water in. Marieke duikt, schiet vooruit, steekt haar blanke billen boven water en maakt er een wedstrijd van, waar Philip niet voor te vinden is. Hij staat rechtop en werpt zijn armen open, totdat hij haar vangt. Hij houdt haar stevig vast, maar voelt haar wegdrijven naar een wereld die hij nog niet heeft ontdekt. Ze lacht hem toe en zegt: 'Zelfs in het water ben je serieus.'

Marieke duikt uit het vangnet en verdwijnt onder water, tegen de stroom op en langs Philips rechterzij. Voor hij het door heeft wordt hij van achter opgetild, haar hoofd tussen zijn benen die zij met haar handen zachtjes spreidt. Philip veert op en stort zich in het koude water. Hij haalt diep adem, zwemt met ferme slag en komt bij Marieke boven. Hij pakt haar in zijn armen en draagt haar naar het strand. Hij zoekt naar een zachte plek, is niet tevreden en loopt naar het botenhuis. Daar liggen rubbermatrassen en badhanddoeken te over. Halverwege blijft hij staan. Ze horen de kikkers kwaken en boven langs de Via Nazionale schieten de auto's door de nacht. Philip kijkt naar de lichtjes van het dorp.

'Nee, Philip, niet in het botenhuis. Dat vind ik doodeng, doodluguber.'

Ze verstijft van angst, alsof Philip haar echt naar het sterfbed brengt.

'Vertrouw op mij. Dit is geen horrorfilm. Ik hou van je.'

Hij kust haar voorhoofd en blaast warme adem over haar borsten van kippenvel.

'Marieke, ik wil opnieuw beginnen.' Hij krijgt de tranen in zijn ogen en een brok in de keel: 'Het botenhuis is oké.'

'Maar alleen misdadigers gaan terug naar de plaats van de misdaad.' Marieke schrikt van haar woorden.

Hij voelt kramp in zijn armen en Marieke wordt zwaar, alsof zij getroffen is door een giftige pijl. Nu zit er niets anders meer op. Philip moet haar wel neerleggen op een rubberbed in de ruïne waar de kinderen over het lijk uit Amerika vielen. Als hij voorzichtig zonder te struikelen naar binnen schuifelt, zegt Marieke: 'Heb je geen lantaarn, geen lucifers?'

'Nee, ik ben bloot.'

'Bloot slaat dood,' stelt zij treurig vast.

Philip zet haar in een bootje, een hagedis schiet weg en een auto in een verre bocht schijnt snel langs de muren. Spinnenwebben lichten op als dauwdraden en Marieke denkt dat zij in de lekke rubberboot naar de onderwereld wordt gestuurd. Philip zoekt handdoeken en vindt zelfs een slaapzak met een lange ritssluiting die hij opentrekt. Hij geeft hem aan zijn geliefde en pompt een matras op. Zweet parelt op zijn voorhoofd. Nog steeds is het warm en langzamerhand begint Philip meer te onderscheiden. Hij legt de handdoeken op de matras en tilt Marieke uit de boot. Hij drukt haar tegen zich aan en zegt: 'We kunnen nergens anders naar toe. We moeten hier wel slapen.' Marieke strijkt Philip over zijn natte haar. 'Ja laten we maar gaan slapen.'

Lief en zacht fluistert ze: 'Zo'n eerste keer is het meestal behelpen.'

'Oh,' zegt Philip. 'Best mogelijk. Dit is mijn eerste interview.'

'Philip, nu ben je net je vader.'

Hij schiet recht op.

'Moet ik hem soms voor je halen?'

'O sorry Philip, dat bedoelde ik niet. Ik bedoel precies het omgekeerde, dat jouw vader nog een enkele keer de kwetsbaarheid vertoont die ik bij jou zo... ja wat moet ik zeggen? bewonder, fijn vind...'

'Maar waarom schrijf je dan voor zo'n rotblad?'

'Niet uit idealisme. Ik kan moeilijk zeggen: uit boosheid. Niemand wil dat geloven. Hoeft ook niet. Daarom zeg ik maar: omdat ik een hoer ben. Kom bij me, laten we het samen proberen.'

Philip draait zich op zijn buik en steunt zijn hoofd op zijn ellebogen. Hij probeert in het donker haar gezicht te zien. Het blijft vaag. De maan schijnt door de bomen, maar niet door de dikke muren. En de ingang waar eens een deur hing is maar klein.

Ze fluisteren wat, sluiten hun ogen en kruipen in elkaar. Heel stil. De beek stroomt door hen heen, de dorpsuil roept, een slang ritselt en Innocento wordt weer een vredig paradijs. Tevreden in elkaars bescherming luisteren ze naar de geluiden; ook naar de voetstappen die van heel ver over het pad komen. Moeizame, onregelmatige stappen. Even doen ze de ogen open en glimlachen naar elkaar: wie zou dat zijn? De blije spanning van kinderen die elkaar sprookjes vertellen. Gelukkige momenten, totdat er plotseling geschuifel komt dat Philip en Marieke tegelijk overeind doet schieten.

'Jan-Willem,' fluistert Marieke.

Philip kruipt naar de ingang, pakt de peddel van een kano, en ziet achter de muur iemand het pad afkomen; hijgend van een zware last.

'Wie daar,' roept Philip aarzelend.

De gestalte stopt, laat zijn last met een plof vallen en rent terug, omhoog naar het dorp.

'Wat gebeurt er?' roept Marieke uit het botenhuis.

'Godverdomme,' hoort ze roepen.

Even blijft het stil. En dan een schreeuw.

'Giuseppe!'

24

Bleek en geeuwend trekt Adolfo de voordeur open. Hij heeft een groezelig hemd aan en een lange onderbroek. Scherp tekenen zich op zijn polsen en hals de strepen af tot waar de zon mocht komen. De rest van zijn jonge lijf heeft nooit de zon gezien.

Philip kijkt naar de hals en de twee polsen, de kwetsbare plekken van moord en zelfmoord.

Adolfo kucht en knippert met zijn ogen. Als hij Philip ziet verschijnt bijna automatisch de verlegen glimlach, waarmee hij in de bar van zijn moeder de bestellingen opneemt.

'Adolfo, Giuseppe is vermoord.'

'Wat?' schrikt hij. 'Giuseppe? Maar dat kan niet. Hij is een van ons. In zijn eigen dorp. Santa Maria. Mia Donna.' Hij slaat een kruis en roept door de donkere bar: '*Giuseppe e morte, assassinato.*' De tafels zijn leeg, de stoelen verlaten en ook het Afrikaanse masker tegen de wand van stro, het geschenk van Hans en Mathilde, zwijgt.

'Adolfo, bel nou gauw op.' Hij doet wat hem gezegd wordt.

'Ze komen meteen,' meldt Adolfo en even later stormen twee carabinieri binnen, de mitrailleur in de aanslag. Handen op tafel en ga zitten, bevelen ze tegen Philip.

'Waar is de dame?'

'Dat weet ik niet. Er is een moord gepleegd.'

'U en de dame waren in de buurt.'

'Ik heb hem gevonden.'

'U heeft ook het andere lijk gevonden.'

'De kinderen kwamen me roepen.'

'Nu waren er geen kinderen.'

'Ze slapen.'

'Wat deed u?'
'Slapen.'
'En de dame?'
'Slapen.'

De Italianen grinniken, wat Philip razend van woede maakt.

'Vraag het haar zelf. Hiernaast bij de kapel. Daar houdt ze zich schuil.'

'Om te bidden?' vraagt de oudste met het gezicht vol puisten cynisch.

'Nee, de kapel is dicht. Ze wacht achter de kapel.'

'U zei niet te weten waar ze was. Ga haar halen. U staat onder arrest.'

Het kan Philip niets meer schelen. Hij schaamt zich niet. Hij is trots op zijn daden.

'*Permesso*,' zegt hij en hij wandelt naar buiten: 'Marieke, kom tevoorschijn. We zijn in veilige handen. We worden gearresteerd.'

Er komt geen antwoord. Verschrikt kijkt Philip de agenten aan. Hij zet het op een lopen, de carabinieri achter hem aan.

Marieke is niet bij de kapel, maar het hoge gras langs de ingevallen zijmuur is vertrapt. 'Er is iets gebeurd, er is gevochten.'

De carabinieri, Philip en Adolfo, lopen doelloze rondjes om de kleine kapel, als monniken bij het ochtendgloren. De haan kraait voor de eerste maal.

Plotseling stopt Philip bij de oude kapeldeur. De deur is niet op slot. Hij staat op een kier en angstig duwt hij de verzakte deur open. Marieke ligt over een bidstoel. Philip doet een stap terug. De Heilige Maagd staat voor het raam en zij glimlacht. Het is duidelijk zichtbaar.

De carabinieri grijpen Philip en Marieke vast.

De haan kraait voor de tweede keer en in de verte horen zij het langzamerhand bekende geluid van de overvalwagens.

Marieke vouwt haar handen.

Geeuwend stappen de agenten uit hun getraliede busjes, als

vervaaide figuranten die de filmscène wéér over moeten spelen.

Maar kapitein Negri glorieert. Hij loopt met wijde armen op Philip toe en begroet hem als een oude vriend. Met een diepe buiging en een handkus wenst hij Marieke goedemorgen.

'Uw stiefmoeder,' oppert hij ondeugend. 'Laten we naar uw vader gaan.'

Zwijgend, hand in hand, beklimmen Philip en Marieke de berg. De eerste Italianen komen naar buiten en deinzen ogenblikkelijk terug. Ze voelen onraad, maar durven niets te vragen.

Ook Hans en Mathilde zijn al op. Ze zijn op weg naar hun tabaksplanten; met een gieter in de hand en een schoffel over de schouder. Verbaasd en bijna geamuseerd zien ze de gewapende kolonne naderen. 'Het lijkt Rhodesië wel,' grapt Hans.

'Giuseppe is vermoord.'

'Wat, Giuseppe, die lieve oude man?' schrikt Mathilde.

'Jezus Christus,' zegt Hans langzaam en nadenkend. 'Hij wist te veel. Vermoord door eigen mensen. Altijd hetzelfde.'

'Ik heb hem gevonden,' zegt Philip verontschuldigend. 'Samen met Marieke.'

Hans doet een stapje in de richting van Philip, kijkt rond en fluistert Philip zachtjes in de oren, zodat niemand hem horen kan: 'Boy, neem mijn advies. *Screw the girls, but don't fuck about.* Vertaal het zelf maar in het Hollands. Maar jij weet ook te veel. Jij bent de volgende op de lijst. *Be a good boy and leave them alone.* Ik vertel je. Dit is oorlog.'

'Hans, wat bedoel je? Oorlog? Bedoel je Jan-Willem?'

'Die heeft er niets mee te maken. Denk er over na. Je ouders zijn ongerust. Laat het een les zijn. Al ben je nog zo aardig, wie te veel weet wordt opgeruimd.'

'Maar Hans, ik begrijp je niet.'

'Doe als wij, houd je er buiten. Denk aan Marieke, *she is a nice girl.*'

'Dank je, Hans. Dag Mathilde.' Het echtpaar slentert voort, schijnbaar onbewogen. Hún vriend werd het eerst vermoord.

Philip trekt Marieke met zich mee. Hij schrikt als hij een mitrailleur op het Wessel-dak ziet verschijnen.

'Oh, Marieke, niet weer.' Hij slaat de armen om haar heen en hoort: 'Godverdomme, daar heb je ze.' Naast de mitrailleur op het dak staan zijn vader en moeder.

'Waar komen jullie vandaan?'

Schreeuw niet zo, man. Je maakt het hele dorp wakker.'

'Het dorp is wakker. Dankzij jullie. Iedereen maakt zich zorgen.'

'Dan maken jullie je goed belachelijk. Giuseppe is vermoord.'

'Wat, Giuseppe, oh Mary, Giuseppe dood en je hebt al zijn lavendel weggegooid.'

'Philip, lieve Philip. Het is allemaal de schuld van haar. Jan-Willem is van diepe ellende vertrokken, hals over kop naar Amsterdam.'

'De zak.'

'Jongetje, je begrijpt dat ik dit niet pik,' tiert Paul die Marieke volledig negeert.

Als Paul is uitgescholden en Mary naast hem is komen staan, heft Philip het hoofd en zegt, alsof hij een vers declameert: 'Vader, ik deed het voor jou, voor jouw carrière, om de wereld te bewijzen dat niet jij maar ik een verhouding met Marieke heb.'

Mary lacht aarzelend.

25

Sinds zijn Eerste Heilige Communie aan het begin van de eeuw heeft Giuseppe er nooit meer zo mooi uitgezien. Hij ligt opgebaard in het trouwpak van zijn vader en bidt de rozenkrans. Zijn nagels zijn geknipt en zijn baard is geschoren.

Om zijn gewurgde hals ligt een foulard die Dracula niet zou misstaan. De lelies van zijn eigen veld die hij niet meer naar de markt wilde brengen gaan met hem mee in de kist. Hij lacht in zijn eeuwige slaap.

De klokken luiden. Het orgeltje speelt en de Hollanders huilen. Met Giuseppe is Innocento gestorven. De oude pastoor vergelijkt hem met Franciscus van Assisi, de vriend van vogels en vissen. Hij zou geen vlieg kwaad doen. Roerloos blijft Giuseppe liggen als een wesp over zijn zoet opgemaakte gezicht kruipt. Guusje wil hem wegjagen, maar het beest is veilig onder de glazen plaat. Zij wuift met haar perkamenten waaiertje en krijgt het steeds benauwder. De met spoed zwartgeverfde jurk van Indiaas katoen geeft af. Zweterige straaltjes kolengruis lopen over haar armen en in haar hals. Onder haar oksels en op haar borsten verschijnen oneerbiedig lichte plekken. De weeë geur van wierook en honderden smeltende kaarsen brengen sterretjes voor haar ogen.

Niemand heeft de laatste nachten kunnen slapen. Het is ondraaglijk heet. Kinderen huilen, jengelen of vallen midden op straat in slaap, alsof Innocento door de pest is getroffen. Er is gebrek aan water. Alles komt tegelijk. Haar knieën doen pijn. Guusje is niet gewend om op haar knieën te zitten. Zij legt haar hoofd in haar handen en is er even niet bij. Haar gedachten vliegen tussen droom en werkelijkheid, vredig en angstig tegelijk.

Zij hoort kloppen, steeds harder en paniekeriger. Zij schrikt wakker, hoort de kist bewegen en sist: 'Giuseppe wil eruit.'

Ze brengt plotselinge consternatie, niemand luistert, gelovigen springen overeind, vragen wat er gebeurt, roepen God als getuige, todat Gloria roept: 'Mam, die wesp kan er niet uit. Zal ik het glas oplichten?'

'Nee, in godsnaam niet,' zegt Paul, maar de gewijde rouwstemming is verdwenen. De Hollanders snotteren en de autochtonen knikken meewarig het hoofd. De pastoor probeert de aandacht terug te winnen. Bij het uitreiken van de communie heeft hij de treurenden weer in de hand. Zelfs de heidense Hollanders zijn zo begaan met hun eigen lot dat ook zij troost zoeken bij de hostie die hun als een watermerk op de tong wordt gedrukt. Met beide handen grijpen ze de kelk en Philip beseft dat Giuseppe nooit meer zal zeggen: 'Van die miswijn krijg je hoofdpijn, allemaal chemisch, maar mijn wijn is zuiver.'

Philip kijkt met een droeve glimlach naar het opgedirkte lijk. Hij laat de anderen voor zich langs de bank uit gaan en ontdekt dat hij samen met Marieke een van de heel weinigen is die niet naar de communietafel gaat.

De afkeurende blikken kan hij nauwelijks meer verdragen.

Vooral de vrienden van zijn ouders kijken hem aan alsof hij alle onheil over het paradijs heeft afgeroepen.

Het is een troost dat ook Adolfo niet ter communie gaat. Ze knipogen naar elkaar, of zij wel beter weten. De samenzwering van de jeugd. Maar ook Adolfo kan het niet laten om de kleine misdienaartjes, die de pastoor in zijn Fiat heeft meegebracht, te wijzen hoe ze het kruis moeten dragen en het wierookvat zwaaien, als de deksel op de kist gaat, Giuseppe voor eeuwig verdwijnt en de wesp zijn vrijheid krijgt.

Eva krijgt een spontane opwelling, klimt naar het koor en zingt een negrospiritual op het moment dat het orgel het Dies Irae inzet. Iedereen is beleefd. Alleen haar man applaudisseert.

Dan komt de drie man sterke fanfare uit de volgende vallei, de barbier, herbergier en postbode. Een omfloerste trom, een dwarsfluit en een verfrommelde trompet. Zij spelen de Marche funèbre en leiden de stoet langs het Hollands Kwartier; de zo verfijnd gerestaureerde wijk, die de meeste van de bejaarde begrafenisgangers het laatst gezien hadden, toen zij na de oorlog gedwongen werden elders hun brood te verdienen. Het weerzien stemt niet tot troost, maar zij kennen dan ook de Hollanders niet. Die leggen voor het nageslacht de hele optocht vast op foto, film en zelfs videocamera. Dr. Bruyt heeft een cassetterecorder op de stoep gezet naast de harp, waarop zijn vrouw een Boccherini speelt, 'omdat ook hij temidden van de Italiaanse olijfgaarden was geboren'.

De Hollanders hijgen onder de felle zon. De kinderen die weer niet naar de beek mogen gaan, spelen krijgertje. Philip en Adolfo torsen mee aan de loodzware kist op het steile pad. De pastoor sleept zijn dikke buik en zwaar kazuifel moeizaam voort. Iedere honderd meter moet hij rusten en steunt aan het kruis dat de grootste misdienaar draagt.

Voor de kist zijn zes mannen nodig. Ze dragen hem op hun schouders en drukken hun hoofd tegen de zijkant.

Als de stoet boven het dorp uitstijgt met als laatste huis de verbouwde stal van Hugo, de balletmeester van het Ballet van Monte Carlo, waait een zacht briesje. De pastoor zet zijn bonnet af, veegt het zweet van zijn voorhoofd en kijkt voldaan naar beneden. Maar hij moet nog verder, honderd meter om de top te halen, waar de doden sinds vele eeuwen het mooiste uitzicht wordt geboden.

Het hek staat open en de fanfare van drie man speelt een welkomstlied. De Italianen zijn heel goed voor hun doden, zoals alle volkeren die bang zijn verslagen te worden en de nooduitgang naar het hiernamaals veranderen in een triomfpoort. De graven zijn versierd met bakjes, kralen geregen tot bloemen, en foto's van de bewoners, leden van een manhaftig volk.

De stoet waaiert uiteen over de graven. Voor God mogen alle doden gelijk zijn, maar niet voor de Italianen. Zij kennen rangen en standen die in het dagelijks dorpsleven niet te ontdekken zijn. Een klein maar fijn mausoleum behoort aan de familie Coppinello en Philip kijkt naar Adolfo. Hij zal daar zijn laatste rustplaats krijgen. Zijn voorvaderen hebben Innocento beheerst, maar de bleke Adolfo toont weinig overeenkomst met de robuuste heersers van weleer.

Giuseppe behoort tot het voetleger en twee oudere broers van Adolfo die bij de Spoorwegen in de stad werken, zijn speciaal gekomen om een nieuw graf te hakken in de harde rotsbodem op de top van de berg. Hij wordt in een hoekje gelegd van het nieuwe gedeelte: naast de stapel verdorde bloemen en gebroken kruisen. De twee doodgravers hebben hun werk nog maar net voltooid. Een van hen staat tot zijn middel in het graf, hij gooit de laatste rotsblokken weg die zachtjes naar de andere graven rollen. De kinderen willen ook in het graf, maar doden begraven is geen kinderspel. Ze mogen de stenen weghalen van de andere graven. Vol spanning zien zij hoe de mannen de kist neerzetten op dikke touwen die naast het graf zijn gelegd. De mannen pakken de touwen, zoeken het evenwicht als jongleurs in het circus, iedereen vreest het ergste, maar langzaam brengen ze de kist boven het gat en laten de touwen vieren. De touwen zijn te kort, zodat Giuseppe de laatste 25 centimeter zijn eigen bestemming moet zoeken. Dat gaat hard en voordat iemand nog kan zien of de kist het begeven heeft en Giuseppe een laatste wesp verdrijft, gooien de mannen de eerste laag zand en keien op de deksel. Iedereen begint weer te huilen, Philip zoekt door zijn betraande ogen tussen de bergen en zijn vader wil een woordje zeggen, maar Eric, de tolk, is zo ontdaan dat hij geen woord kan uitbrengen. De Italianen zullen niet horen hoe dankbaar de Nederlanders zijn dat zij nog zo'n echte traditionele uitvaart mogen bijwonen. Het stemt hen tot nadenken, zegt Paul.

De pastoor geeft nog eenmaal zijn zegen met de wijwaterkwast en snelt als eerste naar de uitgang. Hij doet zijn kazuifel af en geeft hem aan een kleine misdienaar. Haastig schudt hij handen en verdwijnt naar beneden. De fanfare verliest ook zijn droefheid en de kapitein verlaat als een van de laatsten het kerkhof. Hij schudt somber en teleurgesteld het hoofd.

Philip kan niet wegkomen. Hij draait rusteloos rondjes om het graf, als de hond die zijn meester zoekt. Hij wil janken, maar weet niet waarom. Hij blijft totdat de doodgravers alle stenen, gruis en aarde weer in het graf hebben gegooid. Ze trappen de grond aan. Ze dansen op zijn graf. Het gaat door merg en been.

De mannen vegen het zweet af, nemen een slok wijn uit een emaille heupfles en lopen voldaan over de graven van hun voorvaderen het kerkhof af. Onwillig slentert Philip achter hen aan. Hij kijkt nog eens naar de foto's op de graven en blijft weer staan bij Adolfo's familiegraf. Er is iets dat hem fascineert. Het is niet alleen rijker en protseriger, maar het is zo keurig verzorgd dat het lijkt alsof een nabestaande nog iedere dag wijn en voedsel komt offeren. De zware marmeren plavuizen vertonen kieren van een blokkendoos die iedere avond moet worden opgeruimd. De natuur krijgt op het mausoleum geen vat. Er is geen onkruid, geen mos te bekennen.

Alsof er plotseling een hand uit het graf steekt, voelt Philip op zijn schouder tikken. Adolfo vraagt met zijn verlegen glimlach of Philip in de bar een glaasje komt drinken. 'Wij zouden het zeer op prijs stellen.'

Samen dalen ze het pad af terug naar het dorp, langs de verlaten terrassen. Iedereen zit in de bar. Al van verre is het fanfare-trio te horen. De pastoor zit aan de hoofdtafel. Hij kluift konijn en geniet van de rode wijn. De misdienaars zitten keurig op een bankje. Zij likken ijs en worden aangestaard door de Hollandse kinderen die jaloers zijn op hun toog en superplie.

De pastoor veegt met een echt linnen servet zijn glimmende kin af, drinkt nog een flinke slok en neemt met pauselijk gebaar afscheid. Wat onzeker waggelend op dit hete siësta-uur loopt hij naar zijn witte Fiatje, gevolgd door de vier knaapjes in ganzenpas. Hij zijgt neer achter het stuur en vertrekt naar het volgende drama.

De neven en nichten willen ook naar huis. Innocento hoort hun niet meer toe en ze weten ook niet meer aan wie ze precies hun erfdeel hebben verkocht. Al die Hollanders lijken op elkaar en toen ze langskwamen gaven ze graag hun handtekening op de secura privata. De anderen deden het ook. Wat moest je met die ruïne? Ze kregen nog een paar honderd gulden toe.

De fanfare en de doodgravers blijven. Zij hebben evenals de pastoor hard gewerkt en vinden dat hun vrouw nog maar even moet wachten. De begrafenis is een onverwacht verzetje.

De Nederlanders zijn helemaal van streek. Nog nooit zijn ze zo grof met dood en bedreigingen geconfronteerd. Ze willen niet meer, de smaak van bittere olijven krijgen ze niet uit hun mond.

Het botenhuis is besmet, de beek met bloed besmeurd en op het pad verzwik je je enkel. Iedere ochtend komen de carabinieri bestellingen opnemen voor boodschappen bij Signora Carlotta in het volgende dorp, omdat het 'beter' is om bij elkaar te wachten op de voltooiing van het politieonderzoek.

'Dit is onze laatste zomer in Innocento,' gooit Guusje Hofstra plotseling over tafel. De anders zo lieve stem heeft een beslistheid die ieder wakker schudt.

'En je plantjes dan?' 'Gaan jullie je huis verkopen?' roepen de lotgenoten door elkaar.

'Dat is wel de bedoeling, maar ik heb nergens meer vertrouwen in. Zei die agent niet dat we hier allemaal clandestien woonden. Je zult zien dat ze nog alles confisqueren en ons zware boetes geven,' zegt Hofstra.

'Dat kan niet,' zegt Paul. 'Dat zou me even een schandaal veroorzaken.'

'Pap, een mooie primeur voor je vriend Koos Kaal.'

'Je geliefde kan er anders ook wat van, schat,' valt Mary haar echtgenoot bij.

'Jullie hebben mooi praten,' zegt Mathilde. 'Het is jullie tweede huis, jullie vakantieverblijf. Jullie kunnen terug. Maar waar moeten wij naartoe? Waar moeten wij onze tabak verbouwen? Dit is ons huis. Wij wonen hier. Net zo als de Zwarten.'

'Italianen, darling,' zegt Hans. 'Mathilde is een beetje in verwarring, maar ze is *right*. We hadden in Rhodesië moeten blijven.'

'We werden eruit gezet.'

'Zeker, zeker, maar je mist mijn punt. Het is fout om bij de eerste de beste ophevel het land te verlaten dat je hebt gebouwd. En wij hebben het hier gemaakt. Ik heb vertrouwen dat alles goed komt. De balans moet verlegd worden. Het is geven en nemen.'

'Bedoel je soms dat we alles moeten verkopen voor jouw kunst-kuroord? En dan krijgen wij als aandeelhouders zeker reductie,' vraagt dr. Bruyt.

'Dat plan is met de dood van onze vriend van de baan. We moeten realistisch zijn. We moeten meer samenwerken met de Italianen.'

'Sorry, Hans, maar ik ben nooit in Rhodesië geweest. Ik begrijp je niet. Heb je het soms over protectiegeld voor de maffia?' vervolgt Bruyt.

'Hans. *Wake up, young man. This is not Africa,*' zegt Mathilde lief.

'*Yeah, this is fucking Italy.*'

'Jongens, jongens. Wessel heeft bekend. Hier in de krant.'

Eric komt het terras op stormen. Met *La Stampa* in de hand.

'Hij is heroïnekoning. Hij heeft Philip gegijzeld.'

'Dat is geen nieuws, maar de moorden?'

'Daar staat niets over in.'

'Dat wisten we toch, mensen,' zegt Paul.

Iedereen zwijgt en staart als kapitein Negri met Leendert Varkenvisser naar buiten komt. Hij groet vriendelijk. Leendert geeft geen krimp. Het tweetal loopt in de richting van het Bhagwan-pand.

'Dus toch,' verzucht Mary.

26

Als kinderen van hun tijd kraken Philip en Marieke het huis dat Jan-Willem heeft verlaten. Mozart speelt op de achtergrond en dicht tegen elkaar aangedrukt staren zij in het gloeiend houtskoolvuur, waarop kleine worstjes vredig snorren als een poes op grootmoeders schoot. Het gietijzeren stoofje geeft de enige verlichting op het kleine terras dat na de hete dag heerlijk afkoelt.

'Zolang liefde en seks in romantiek verpakt worden, blijft het vals en onecht,' zegt Marieke.

'Misschien heb je daar wel gelijk in,' beaamt Philip onzeker.

'Romantiek is egoïsme. Het is een ontkenning van de maatschappij.'

'En een ontkenning van de verantwoordelijkheid die je als mens in die maatschappij hebt,' zegt Philip. Hij kijkt zijn geliefde ernstig in de ogen.

'Juist.'

'Maar Marieke, begin jij met iedereen met wie je een interview hebt gehad een verhouding om alle romantiek uit te bannen?'

'Ik maak niet zoveel interviews, maar de zucht naar vrijheid is essentieel voor liefde als uiting van die maatschappelijke verantwoordelijkheid.'

'Maar gaat daarom die verantwoordelijkheid boven het individu, het collectief boven de persoon?'

'Vanzelfsprekend.'

'Oh,' zegt Philip en hij voelt zich als een seksobject, dat na gebruik wordt weggegooid. Hij staat op, rolt de worstjes op hun zij en zou willen zeggen: 'Ik houd van jou.'

Maar dat klinkt romantisch.

Hij trekt zijn schoenen aan. 'Ik ga maar. Ik heb geen trek.'

'Wat is dat nou voor spastisch gedrag?'

'Marieke, ik moet even weg. Ik heb geen rust.'

'Onzin. Wat ga je dan doen?'

'Laat me nou maar. Om twaalf uur ben ik terug.'

'Philip, blijf hier. Ik ben bang.'

Marieke pakt Philip beet, gooit hem op de matras en begint hem wanhopig te zoenen.

Philip rukt zich los, kust de bruid en zegt toch maar: 'Ik houd zo verschrikkelijk veel van je.'

Met tranen in de ogen loopt hij weg, als een soldaat, bereid om te sterven voor God en Vaderland.

Zonder enig geluid te maken sluipt hij weg en gaat bij Hans en Mathilde op de stoep zitten om nog een keer te horen: 'Jongen, bemoei je er niet mee.'

Helaas, ook de planters bemoeien zich er niet meer mee. Ze laten zich niet zien en niet horen. Alles is weer stil voor de stem van Bhagwan. De avonddienst is in volle gang en de kapitein is vertrokken.

Stom, denkt Philip. Hij neemt de politietaak over. Philip sluipt niet naar de tempel, omdat hij weet wat zich daarbinnen afspeelt. Hij heeft een ander plan. Hij verbergt zich achter een struik onder de terrastrap van Wessel.

Dat huis is leeg en verlaten, hij weet het zeker, maar toch is hij bang. Wessel is opgesloten in een cel, maar achter ieder raam, iedere muur en iedere deur, schieten de schimmen van de heroïnekoning tevoorschijn, alsof zij hem insluiten en onzichtbaar zullen vernietigen. Alle herinneringen komen weer boven. Opnieuw vertelt hij gruwelijke sprookjes en voor het eerst voelt Philip de injectienaald die hem geluidloos moet opruimen. Hij wrijft over zijn armen en roept heel zachtjes: 'Marieke, Marieke.'

Er gebeurt niets en dat maakt het allemaal nog erger. Er zit niets anders op dan zich aan Bhagwan vast te klampen, als de enige hoop tot overleving. Philip laat zich meeslepen door Bhagwans poëzie en hij geniet van de melodieuze oosterse stem.

'Die Bhagwan heeft toch wel iets,' moet Philip bekennen, 'en dat is meteen het begin van het einde.' Hij gaat verzitten in de lotushouding en vouwt zijn handen. De stem verstomt, maar gelukkig wordt een nieuw bandje opgezet.

Philip denkt aan Poena en aan wilde dieren die uit de hand eten. Ook aan deze cassette komt een eind, onverwacht zoals bij alles wat Bhagwan wil. Maar luider dan van iemand anders, klinkt Philips eigen bulderend gelach. Niemand die het hoort, niemand die er aandacht aan besteedt. Het lachen houdt op. De tempeldeur gaat open en Philip ziet de priesteres, de armen vooruitgestoken, in de deuropening verschijnen. In het licht dat door de deur naar buiten valt, ziet Philip door het oranje gordijn van haar toga de contouren van haar lange hoge benen. Leendert volgt, daarna de zoon met wie hij schaakte en dan de twee andere kinderen. Philip schrikt. Er zijn toch zeven Bhagwan-gangers? Hij ziet er maar vijf. Waar zijn de andere twee? Zijn ze ziek, of achtergebleven om een oogje in het zeil te houden. Of zou Philip hun plaats moeten innemen?

De stoet van vijf trekt, zachtjes neuriënd aan hem voorbij.

Philip maakt zich zo klein mogelijk achter de struik, maar hij krijgt de onweerstaanbare neiging zich als zesde in de rij aan te sluiten, maar kan zich nog net inhouden. Pas als ze de hoek om zijn, het pad op naar het kerkhof, weet hij weer dat hij hier niet zit om bekeerd te worden.

Philip heeft een andere taak. Hij moet Bhagwan bespioneren, maar wat gebeurt er als zij het hebben voorvoeld en Philip door zes of zeven wordt betrapt? Excuses, excuses, Philip zoekt alleen maar excuses en wou dat het middernacht was en Marieke hem vond.

Met een paar snelle, wat onvoorzichtige passen krijgt hij de zacht neuriënde oranjeklanten in het vizier. De vijf neuriën blij en ongenaakbaar. Philip weet niet wat hij doen moet, stopt in nissen en wandelt ten slotte midden op de weg achter hen aan de dodenberg op. Het gaat veel sneller dan vanochtend, maar halverwege bij twee oude olijven die hun takken als een toegangspoort over de weg steken, stopt de stoet. Philip kan niet meer wegduiken. Hij blijft rechtop staan. Niemand is in hem geïnteresseerd. De blije bende vormt een kring, slaat de handen plat tegen elkaar en roept iets onverstaanbaars in de richting van de sterrenhemel. De priesteres spreekt een toverformule uit, die door ieder op zijn beurt herhaald wordt. Ze knielen en kussen de grond.

De vijf staan op en kuieren ontspannen na hun avondwandelingetje terug naar huis. Philip kan niet anders doen, dan naar boven wandelen. 'Goeie avond,' zegt Leendert.

Philip is verbijsterd en opgelucht. Zo'n slot van de godsdienstoefening had hij niet verwacht. Zo'n gelukkig gezin dat zo vrolijk langsloopt en goeie avond zegt, kan geen moordenaarsbende zijn.

Op het kerkhof zijn ze niet eens geweest.

Philip voelt zich vies genomen. Wat moet hij nu doen? Bijna uitdagend steekt hij zijn lantaarn aan en kijkt op zijn horloge.

Het is pas kwart over elf. Het kerkhof lokt. Hij is al halverwege en schijnt met zijn lantaarn langs het steile pad dat langzaam in een trap met brede ongelijke treden overgaat. Hij richt de lantaarn op alles wat beweegt. Ver beneden ligt het dorp waar Marieke op hem zit te wachten. Het terras kan hij niet beschijnen. Tevergeefs trekt hij met zijn lantaarn de aandacht. Bijna bewust seint hij zijn SOS-signalen. Philip is bang en met bonzend hart bereikt hij het ijzeren hek, dat met een armetierig en roestig ijzerdraadje is afgesloten. Met trillende handen en omslachtig peutert hij het draadje los. Knarsend schuift Philip het hek open, alsof hij figureert in een goedkope Hammerfilm.

Hij is kwaad op zichzelf maar de angst vermindert niet.

Het licht van zijn zaklantaarn springt van graf tot graf. Als een vreemde slaat hij de dodendans gade. Het verse graf van

Giuseppe in de verre uithoek heeft zijn rust nog niet gevonden. De grijze aarde en de gespleten vuurstenen liggen als een deken over een verborgen slaper. Pas als Philip aan zijn voeteneind staat, begrijpt hij hoe ook graven aan hun doden moeten wennen. Op een dun latje, afkomstig van een bloemkwekerij, staat Giuseppes naam geschreven. Zijn foto is er nog niet, gelukkig maar want Giuseppe zou er niet op lijken. Philip kijkt naar de buren en het is alsof zij in het licht van de lantaarn lachen. Het is bij twaalven. Langzaam loopt Philip langs de portrettengalerij en hoe langer hij kijkt, des te meer hij ervan overtuigd raakt dat hij alle doden eerder heeft ontmoet. Hij zoekt de familie die in zijn huis heeft gewoond en in wiens oude koperen bed nu zijn ouders slapen. De lach verdwijnt en in de bestraffende blik kan Philip geen berusting vinden. De lijken draaien zich om in hun graf en Philip proeft de revolte. Ze zijn niet dood, ze leven voort in een nieuwe generatie. En ineens ziet Philip dat er toch gelijkenis is tussen Adolfo en zijn voorvader, de eerste Coppinello die in het mausoleum is bijgezet. Een buste van de stamvader, Coppinello Adolfo, 1673-1741, prijkt boven de ingang.

Philip kijkt net zo lang totdat hij Adolfo junior zelf ziet, maar zonder die verlegen grijns. Zelfverzekerd en cynisch staart Adolfo terug totdat Philip zijn ogen neerslaat.

Om zich te herstellen laat Philip zijn hand over het marmeren borstbeeld glijden. Het is koel en glad, zoals de dikke marmeren deur die even makkelijk openschuift als hij vanmiddag vermoedde. Met zijn lantaarn doorzoekt hij het donkere lijkenhuisje. Niets beweegt, geen muis, hagedis of pad die beweegt. Philip snuift, maar ook de graflucht is te verwaarlozen. De Coppinello's zijn kennelijk al jaren schoongegeten. In plaats van grafstenen, urnen en marmeren kistjes met de verpulverde botten, is de crypte volgestouwd met houten vierkanten kratten, waar hoogstens een baby in kan worden begraven.

Philip doet een paar stappen naar voren om de kisten beter te kunnen bestuderen. Op het moment dat hij een kist aanraakt, slaat de marmeren deur met een harde klap dicht. Hij zit gevangen. De deur is hermetisch gesloten. Hij slaat op de kisten, op de deur, maar er gebeurt niets. Hij begint te schreeuwen, maar de doden antwoorden niet. 'Is daar iemand?' roept hij wanhopig en vreest dat als zijn hart stilstaat, niemand hem vinden zal. Hij haalt adem en weet niet of er wel genoeg zuurstof is om het een dag te overleven. Zijn gedachten zijn te chaotisch om zich te kunnen concentreren. Het moet gebrek aan verse lucht zijn. Hij kan geen kieren meer vinden. Sloeg de deur vanzelf dicht, drukte hij op een geheime knop of was er iemand? de zesde of zevende man van Bhagwan? die hem levend in zijn graf begroef?

'Giuseppe, Giuseppe, help me, ik ben niet dood.'

Er gebeurt niets. Het is aardedonker, doodstil, zo doodstil dat alles om hem heen gaat leven, maar geen enkel contact is mogelijk.

Hij schreeuwt *'aperto'* en *'chiuso'*. Het helpt niets. Hans en Mathilde hadden hem gewaarschuwd. De kapitein heeft hem verboden detective te spelen. En Marieke heeft hij zijn gedachte verzwegen.

Hoe lang hij gezeten heeft, weet hij niet. Op zijn horloge durft hij niet te kijken, de lantaarn laat hij afgedankt op de grond vallen. De klok van twaalf hoort hij niet slaan, maar hij hoort heel duidelijk geschuifel van voeten. Philip springt omhoog, stoot zijn hoofd op een verschrikkelijke manier en voelt het bloed over zijn voorhoofd stromen.

Het geschuifel houdt op. 'Hallo, hallo, ik ben het, ik, Philip, wees niet bang, ik zit gevangen, ik kan er niet uit. Red me. Red me.'

Er gebeurt niets, maar dan hoort hij, ziet hij, voelt hij, het graf opengaan.

De deur schiet open en een verblindend licht schijnt in zijn ogen. Hij voelt een por in zijn borst, kijkt en ziet de loop van een karabijn.

'Handen omhoog.'

Het is geen grap.

Een stem zegt: 'Jij bent de derde die hier komt rondgluren. Je begrijpt wat dat betekent.'

Philip weet wat het betekent. De Amerikaan en Giuseppe begrijpen het niet meer. Voor hen is het te laat.

Philip probeert door het licht heen te kijken. Hij ziet een vage gestalte. De karabijn blijft steken in zijn borst. Zijn hoofd bonst. Langzaam krijgt het gezicht van zijn moordenaar gestalte. Het is Adolfo, maar niet van de bar. Het is de Adolfo van het borstbeeld, streng en trots.

27

Adolfo zit op een kist in het graf van zijn vaderen en biedt Philip een sigaret aan. De karabijn staat naast hem, niet langer op Philip gericht.

Schamper kijkt Adolfo Philip aan terwijl hij zijn sigaret op het doosje met lucifers tikt. Hij steekt de sigaret in zijn mond en terwijl hij de lucifer aanstrijkt en de vlam voor de sigaret houdt, spreekt hij het vonnis uit: 'Je bent in een van de belangrijkste opslagplaatsen van de Rode Hand. Het betekent je dood.'

Philip zwijgt. Het is geen grootspraak. De twee jongens kijken elkaar aan met de zekerheid dat er niemand is die gratie kan verlenen. Philip is ervan overtuigd dat hij het daglicht niet meer zal aanschouwen en al met beide benen in het graf staat.

Het is stil. Philip vergeet te vechten voor zijn leven. Hij ligt niet gekneveld in het huis van Wessel. In het graf is de sfeer bijna ontspannen.

Philip is de eerste die weer spreekt. Hij vraagt: 'Het botenhuis?'

'Het botenhuis,' bevestigt Adolfo. 'In je eigen omgeving, op de rubber matrassen.'

Had Marieke op die eerste nacht daar niet zo iets gezegd als: ik zou hier wel eeuwig willen blijven liggen?

Adolfo draait met zijn voeten en zegt: 'Voor je gaat, zou ik toch wat willen bekennen. Ik ben jullie Nederlanders dank verschuldigd. Jullie hebben mij gevormd. Als jullie hier niet je neo-imperialistische nederzettingen hadden gevestigd, was ik altijd die slaafse figuur gebleven waar jullie me voor aanzien. Ik heb veel gelezen. In Amerika hebben meer slaven hun meesters vermoord dan de blanken durven toe te geven.'

Philip knikt instemmend, alsof hij bereid is anoniem te boeten voor de zonden van zijn ouders en hun vrienden, de erkende wereldverbeteraars, bekend van radio en tv.

Adolfo steekt een nieuwe sigaret aan. Hij maakt nog geen aanstalten om het vonnis te voltrekken. Philip vraagt zich half verdoofd af, waar beide voorgangers het zwijgen is opgelegd. Hier in het graf of mochten ze nog zelf naar beneden lopen; naar het botenhuis met de vrolijke kleuren?

Adolfo trekt behoedzaam aan zijn sigaret. Het lijkt wel of de rollen zijn omgedraaid; of niet de ter dood veroordeelde, maar de beul zijn laatste sigaret rookt en zijn leven aan zich voorbij laat glijden.

'Ik heb je hier op zien groeien, het zoontje van die vooraanstaande Nederlander uit dat land met de beste sociale voorzieningen, waar een minister-president verontwaardigd demonstreert en op auto's redevoeringen houdt als ergens in de wereld, in een land waar ze nog nooit van Nederland gehoord hebben, de mensenrechten worden geschonden. Jullie zijn zo overtuigd van je bekeringsdrang en van je gelijk dat jullie het meest zelfgenoegzame land in Europa zijn. Van iedere socialist maken jullie een burgerman. Nederland is de grootste bedreiging voor het socialisme. Hollanders zijn doortrapt. Ze zullen nooit in de bar met hun vingers knippen. Ze spelen nooit de rol van de meester, maar gunnen daarom ook de ander nooit zijn rol van ondergeschikte te spelen. De arbeider is zijn klasse afgenomen. Het gaat allemaal zo klasseloos aardig dat je ze persoonlijk kwetst als je ze niet ogenblikkelijk hun glaasje water brengt. Ze zijn toch zo goed en zo menselijk, die Hollanders. Maar weet je dat als in West-Indië, op eilanden als Jamaica waar de Britten de beest uithingen, slaven opstandig werden, weet je wat die Engelsen dan zeiden? "Pas op, of ik verkoop je aan de Nederlanders." En dat hielp, dan hielden de slaven zich wel koest.'

'Hoe weet je dat?'

'Ik ben geïnteresseerd in Nederland. Ik lees boeken en tijdschriften uit de bibliotheek.'

'Dat heb je nooit gezegd.'
'Waarom zou ik. Ik ken de vijand.'
'Ben ik een vijand?'
'Je bent de slechtste niet. De schuldigen weten altijd de dans te ontspringen. Er vallen in een oorlog veel onschuldige slachtoffers.'
'Ik ben onschuldig.'
'Ook Nederlanders worden met de doodzonde geboren.'
'Ben jij gelovig, Adolfo?'
'Ik ben een revolutionair, ik vecht voor mijn onderdrukte volk.'
'Weten ze dat?'
'De Rode Hand timmert niet aan de weg.'
'Revolutionairen komen altijd uit goede families: Marx, Lenin, Pannekoek, Castro.'
'Jullie imperialisten gunnen ons ook nooit wat.'
'Dat is niet waar.'
'Is mijn familiegraf niet goed genoeg?'
'Ik dacht het botenhuis.'
'We hadden het niet over jou. Philip, wij hadden vrienden kunnen zijn. Ik kan met je praten. Je zult niet verder praten.'
'Nee. Dat beloof ik.'
'Hoeft niet.'
'Sorry.'
'Ieder jaar kwam jij mij een verjaarscadeau brengen en dan moest ik jou een groter cadeau teruggeven dan ik ooit zelf van mijn ouders kreeg. En jij was niet geïnteresseerd. Wat heb ik je gehaat. Ik kon je wel vermoorden.'
'Je doet het nu.'
'Ik haat je niet meer.'
'Dat is aardig.'
'Jullie hebben ons vernederd. Jullie hebben onze trots afgenomen. Kijk maar naar de foto's op de graven. De vorige generatie had nog eigenwaarde en karakter. En kijk nu eens.'
'Inteelt.'

'Dat zeiden de Spanjaarden ook toen ze de Indianen uitroeiden.'

'Er is weer veel sympathie voor de Indianen, Adolfo. In Amerika krijgen ze weer grote reservaten.'

'Reservaten in ons eigen land. Jullie wonen in onze huizen en wij mogen olijven plukken. Voor niets hebben jullie onze huizen gekocht en jullie maar aardig en menselijk zijn tegen ons. Kraaltjes en spiegeltjes uitdelen. En keurig met iedereen een gesprekje voeren; precies afgemeten, iedere dag een kwartiertje, niet meer en niet minder. Het menselijke gezicht van de imperialist. Ideale vakanties en intussen groeit het vermogen. Ieder jaar verdubbelen de huizen in waarde. Een betere belegging was niet mogelijk.'

'Maar Adolfo, heus, Marieke en ik doen niet mee.'

'Mijn ouders, mijn familie, ooms en tantes hebben ons erfgoed verkwanseld. Ze hebben onze eer te grabbel gegooid, ze hebben zich tot op het bot laten afkluiven. Daar doe ik niet aan mee. Ik zal tot mijn dood toe vechten voor eerherstel. Innocento met zijn rijke geschiedenis, zijn karavaanwegen van vóór Hannibal, zijn monniken en kloosters, zal ik van alle blaam zuiveren. Ik zal wraak nemen. Niemand heeft ons er onder kunnen krijgen. De Fransen niet. De fascisten niet, de Duitsers niet en ook de Nederlanders niet.'

'Wil je de Nederlanders verdrijven?'

'De Rode Hand heeft maatregelen genomen. De Nederlandse pers is gewaarschuwd.'

'Ik haat journalisten.'

'Uitschot is het, maar geen boer kan zonder gierput bestaan. De Rode Hand zorgt voor kopij.'

'Marieke weet van niets. Wil je een interview? Ik kan het haar vragen.'

'Ik regel mijn eigen seksleven wel. We gaan. We nemen hier afscheid van elkaar. In het botenhuis is geen tijd meer. Jij hebt mij, als een tweelingbroer, mijn spiegelbeeld, meer dan iemand anders, tot revolutionair gemaakt. Bedankt. Ik zal je niet teleurstellen. Ik zal mij niet door sentimentele overwegingen laten meeslepen. Ik ken mijn plicht, jij de consequenties. Kameraad, lang leve de Revolutie.'

Voor de laatste maal kijken zij elkaar in de ogen. Zij zien de film van hun gedeelde jeugd aan zich voorbijtrekken. Philip kan gelukkig zijn. Hij had een mooie jeugd. Adolfo voelt zijn geluk naderen. Zijn jeugd is voorbij.

'Wil je een blinddoek?'

'Graag.'

Adolfo bindt Philip een vuile doek voor het gezicht die hem misselijk maakt. Efficiënt slaat Adolfo hem in de boeien; de handen op de rug. Hij leidt het slachtoffer uit het graf, met zijn hand op de schouder en met de andere hand aan de karabijn die weer in Philips rug port. Met iedere stap die hij verder van het kerkhof afraakt, nadert de dood. Philip kent het pad. Hij struikelt niet. Eervol met gebogen hoofd zal hij sneuvelen. Sterven als een man. Marieke zal trots zijn.

'Laat je vallen! Op de grond!' Een verblindend licht. Philip duikt omlaag, de leegte in. Hij ziet niets, rolt over de kop, valt en vliegt door de lucht totdat hij in een zware cactusplant wordt geworpen, met een lawine stenen achter zich aan. Hij krepeert van de pijn, maar hij leeft. Hij hoort schieten. De kogels vliegen door de lucht. Kabaal, geschreeuw, gejammer. Minutenlang. Philip schuurt met zijn gezicht door de doornen. Hij raakt de blinddoek kwijt en geboeid, kreunend in het struikgewas, ziet hij lantaarns flitsen. Zij gaan terug en klimmen omhoog in de richting van het kerkhof. Wordt Adolfo naar zijn graf verdreven of kan hij nog ontsnappen? Plotseling schiet een bliksemschicht omhoog, gevolgd door een gigantische ontploffing. Het kerkhof, met alle zerken en geraamtes, vliegt in de lucht.

28

Het kerkhof, hoog boven het dorp, verandert in een brandende fakkel van de Rode Hand. Hoog laaien de vlammen op langs de graven en de bomen. Muren en plavuizen barsten open van de ondraaglijke hitte. Vonken dansen en springen steeds verder weg en zetten de hele omgeving in brand. Kleine vlammetjes likken zich een weg naar boven en beneden, naar links en rechts. Tevergeefs trachten de dorpelingen de vuurspugende vlammen neer te knuppelen, alsof het slangen zijn die zij met stokken te lijf gaan. Explosies volgen, olijfbomen en braambossen schieten knetterend in brand. Soms snel, soms traag, maar overal blijft het spoor achter van de geschroeide aarde.

Er is weinig tegen te doen. De Italianen berusten in het noodlot van vulkanen en bosbranden, alsof uit de as en de lava de nieuwe Phoenix zal verrijzen: 'Het is goed voor de grond, hij wordt vruchtbaar,' stellen zij droef vast, als het vuur zich onheilspellend uitbreidt en tergend traag een muur van vlammen en licht rond het donkere dorp legt.

De vlammenzee is niet te keren. De berg staat in brand. Hazen, konijnen, zelfs een hert en een kudde wilde zwijnen vluchten panisch door het dorp. Ze schieten weg langs de angstvallig opengehouden asfaltweg die de brandweer nat houdt.

Langzaam maar zeker kruipen de vlammen naar de huizen in het bovendorp, de huizen van de Nederlanders. De waterdruk is daar zo klein dat de carabinieri opdracht geven te evacueren.

De Italianen sjouwen de ijskasten, wasmachines, hifi-apparaten en het dure meubilair van hun weldoeners naar buiten.

Ze zullen hun vrienden niet in de steek laten.

Gelukkig is ook Philip ongedeerd. Met de schrik en wat schrammen kwam hij vrij. Adolfo heeft zichzelf opgeblazen in het familiegraf.

'Te veel televisie gekeken,' zegt kapitein Negri.

'De televisie heeft veel verdriet gebracht in de wereld,' zegt Paul.

Vol verachting kijkt Philip hem aan. De kapitein legt verlekkerd een arm over Mariekes schouder. 'Een gewiekste journalist die vriendin van jou,' zegt hij meesmuilend.

'Heeft zij u geïnterviewd?'

'Lieverd, ik mocht niet naar je toe. Ik had hem gewaarschuwd, dat je iets aan het ondernemen was.'

'Dat was Adolfo's dood.'

'Toch niet mijn schuld, Philip.'

'Oh nee, jij bent de slechtste niet, zou Adolfo zeggen.'

De tranen springen Philip in de ogen.

Leendert zeult onhandig met een portret van Bhagwan dat hij uit de tempel wist te redden. Vrouw en kinderen lijken onaangedaan. Zij zijn niet aan aardse goederen gehecht.

'Jullie hebben je zin,' sist Guusje, 'heel Innocento is oranje.'

De vuurbal rolt omlaag naar het benedendorp waar de Italianen wonen.

De carabinieri verbieden hen, na de hulpverlening aan de Nederlanders, hun eigen spulletjes in veiligheid te brengen. De Italianen mogen hun huizen niet meer in. Het is te gevaarlijk. Verloren staan de oudjes op het Piazza del Populo tussen de dure spullen van de vluchtelingen die niet weten hoe gauw zij naar Nederland kunnen afreizen.

'Philip, we moeten gaan,' roepen zijn ouders. Arrivederci' wuiven ze naar de achterblijvers die het zichtbaar te kwaad krijgen. De oude Paolo rent ondanks het verbod van Negri naar binnen en haalt de Delfts blauwe molen naar buiten, als bewijs van eeuwige dankbaarheid, als herinnering aan het eind van het Hollandse tijdperk. Ook de anderen trotseren de carabinieri en halen de kunstschatten uit de lage landen, de klompen en de kaasplank.

Op het parkeerterrein worden de motoren gestart, zoals 's avonds na de bioscoop. De film is uit. De show is over.

'Philip,' roept zijn moeder, 'schiet op. We zijn de laatsten. Kom.'

Philip doet een paar stappen naar voren, aarzelt even en barst dan uit in een hysterisch gebrul: 'Lazer op!' schreeuwt hij. 'Maak dat je wegkomt. Hufters, uitbuiters!' Hij zwaait met zijn vuist.

De vlammen bereiken het parkeerterrein.

'Philip, in godsnaam, schiet op,' smeekt zijn moeder. Zijn vader toetert.

In de vlammen ziet Philip het beeld van Adolfo opdoemen.

Hoe zei hij het ook weer? 'Jullie Hollanders, jullie zijn zo overtuigd van je bekeringsdrang, jullie knippen in de bar nooit met je vingers.'

Hij rent op de verbouwereerde dorpelingen af, doet een greep in het Delfts blauw en haalt uit. Met een klap spat Paolo's trotse molen op de keien uiteen.

Even is het stil, op het geknetter van de vlammen na. Dan klinkt er uit het groepje van de Varkenvissers een bulderend gelach.

Colofon

De dorpelingen van Innocento – Een zomerthriller van Peter Brusse en Ed van Thijn werd in opdracht van uitgeverij Conserve te Schoorl gezet in de Apolline corps 10/13 punts en gedrukt door drukkerij Groenevelt te Steyl en gebrocheerd door binderij Steyl te Steyl.
In 1981 verscheen de eerste druk bij uitgeverij Van Gennep in Amsterdam.
Vormgeving: Jeroen Klaver. Foto omslag: Borinka.
Foto auteurs: Chris van Houts.

    2e druk april 2004

    Uitgeverij Conserve
    Postbus 74, 1870 AB Schoorl.
    E-mail: info@conserve.nl
    Website: www.conserve.nl

Lees ook bij Conserve:

HIER SCHIJNT DE ZON

In december 2003 bestond Uitgeverij Conserve in Schoorl 20 jaar. Een goede reden om na te gaan wat de aantrekkingskracht van deze lange Noordhollandse dorpsketen langs de duinen is. Niet alleen toeristen, maar vooral ook schrijvers en dichters en schilders voelen zich aangetrokken tot Schoorl, Groet en Camperduin. Naar aanleiding van het succesvolle en herdrukte boek *Hier scheen 't geluk bereikbaar (Schrijvers over Bergen, Van Gorter tot Van Dis)* i.s.m. het KCB, het vervolg over de schrijvers die in Schoorl, Groet en Camperduin woonden en werkten en nog wonen en werken, aangevuld met literaire route van Kees de Bakker en Wil Janssen en een portret van Uitgeverij Conserve door Bert van Baar in *Hier schijnt de zon – Schrijvers over Schoorl, Camperduin en Groet – Van Bernlef tot Reve.*

Peter van Zonneveld over Nicolaas Beets
Nicolaas Beets – Verhaal Teun de Jager
J.J. Werumeus Buning over J.W.F. Werumeus Buning
Henk ten Berge over Jan de Hartog en Herman Robbers
Jan van der Vegt over het witte huis van Groet
Lida Iburg over M.J. Brusse
Angenies Brandenburg over Jan en Annie Romein-Verschoor
Nico Keuning over Gerard Reve, Neeltje Maria Min en Nescio
Bob van Amerongen over Karel van het Reve
Frédéric Bastet over Kamp Schoorl
Elly de Waard over Chris J. van Geel
Ite Rümke over Mischa de Vreede
Bert van Baar over Bernlef
Dick de Scally over Hanny Alders

256 pagina's, ISBN 90 5429 176 1 € 18,–